KB263028

잃어버린 꽃병

잃어버린 꽃병

잃어버린 꽃병

초판인쇄일 | 2013년 1월 30일
초판발행일 | 2013년 2월 28일

지은이 | 김길나
펴낸곳 | 도서출판 황금알
펴낸이 | 金永馥

주간 | 김영탁
실장 | 조경숙
편집 | 칼라박스
인쇄제작 | 칼라박스
주 소 | 110-510 서울시 종로구 동숭동 201-14 청기와빌라2차 104호
물류센타(직송 · 반품) | 100-272 서울시 중구 필동2가 124-6 1F
전 화 | 02) 2275-9171
팩 스 | 02) 2275-9172
이메일 | tibet21@hanmail.net
홈페이지 | http://goldegg21.com
출판등록 | 2003년 03월 26일 (제300-2003-230호)

값 12,000원

ISBN 978-89-97318-37-7-03810

잃어버린 꽃병

김길나 수필집

황금알

머리글

　어제는 구름의 화신인 비가 내려서 구름을 손가락으로 만져본 것인데, 내 안에서 끊임없이 생겼다 사라지는 생각의 포말들이 보챘던가! 어제의 어제를 거느리고 빠르게 달아나는 시간이 재촉했던가! 붙잡으라고, 흐르는 사념을, 달아나는 풍경을, 풍경 속의 사람을 언어로 붙잡으라고, 그리고 언어는 글자로 붙잡아 두라고, 그래서 생각과 풍경들을 평문으로 불러와 한 자리에 보존하는 일이 불현 듯 바빠지는 것이어서 마음을 다잡고 산문집을 묶어내기로 한 것이다. 열대야의 화기와 발전추진력의 쾌속으로 인한 인간 돌연변이 현상이 불거지는 오늘, 향방을 모를 바람 속에 서 있는 나의 이웃에게로 이 산문집이 다가가는 길을 물으면서……

차례

Part 2
연두빛, 그 신생의 종소리

Part 1

해 뜨는 아침

풍경의 배후에는 흰빛이 있다

볼 것이 많아지고 눈이 자주 피로해진다. 눈을 들어 하늘과 나무를 바라본다. 푸르름이 눈을 씻어주기 때문이다. 잠시 눈을 감는다. 그런데 불현듯 망막 속에 갇힌 영상 한 쪽이 열리고 마치 무슨 예언의 징후처럼 초록부재의 황막한 사막이 일렁이다 사라진다. 또 초록지대를 덮는 흰빛 설경이 일순 하얗게 펼쳐지기도 한다.

첫눈이 내리는 겨울날 서설瑞雪의 풍경은 그 흰빛으로 하여 아름다웠다. 온갖 빛깔의 풍경을 감싸 안은 흰빛 포용과 보채는 색상들의 소란을 평정하는 흰빛 고요로 설경은 언제나 눈부시지 않던가! 이제 설경은 사라졌다. 설경 속의 흰빛도 어디

론가 떠나가고 없다. 그러나 모든 풍경의 배후에는 흰빛이 있
고 그 흰빛의 유전流轉하는 보행이 지금은 생명의 원색인 초록
빛을 통과하고 있는 중이다.

　나는 몇 번 흰옷을 입은 적이 있다. 가족을 이 세상 밖으로
떠나보내고 돌아서는 저녁나절의 희디흰 적막! 그때의 흰빛은
생의 마지막 경계에서 나부끼는 슬픈 깃발과도 같은 것이
었다. 그러나 그 흰빛의 슬픔에서 빠져나와 새롭게 입게 된 또
한 번의 흰옷! 그때 흰옷 차림의 나는 촛불을 받쳐 들고 신의
제단에서 울었던가, 웃었던가. 아니 침묵 속에서 너울대는 촛
불을 하염없이 바라보았던 것도 같다.
　그날도 음악처럼 눈이 내렸고, 현란하고도 불온한 색의 아
우성을 잠재우며 그렇게 흰 눈이 내려 쌓였고, 흰빛을 향해 불
꽃을 피워 올린 세례의 촛불, 그 촛불의 일렁임 아래로 뚝뚝
듣는 촛물 방울로 내 흰옷은 얼룩졌었다. 나는 촛불의 흔적인
촛농으로 굳어진 얼룩자리를 찬찬히 들여다보았다. 그때, 흰
빛과 촛불의 만남 속에서 삶과 죽음의 화해를, 아니, 이분화의
대립적 구도에서 벗어나 생과 사가 둘이 아닌 하나임을 살짝
엿보았던 것. 그 후로 겨우 작은 평화를 건져 올릴 수 있게 되

었다고는 하지만, 정화淨化의 눈물을 감당하는데 있어 두려움이 먼저 앞을 가리는 것은 무슨 까닭일까?

창문을 열고 풍경을 바라본다. 여러 빛깔로 덧칠된 풍경의 배후에, 또 풍경 너머 저 편에 아득히 번지는 흰빛을 본다. 흰빛이 내장하고 있는 이 두 세계, 즉 출발과 당도當到, 시작과 완숙은 그 간극만큼 서로 상이한 변별성으로 구별되는 것을. 그러므로 처음의 흰빛과 마지막 흰빛 사이에서 존재 안팎으로 여러 색태色態의 분열이 발생하고, 여러 색류色類의 경계가 그어져서 그 분열과 경계에 갇혀 부단히 휘청이고 배회하는 지상 삶의 고달픔은 차라리 인간 숙명의 본령일 터. 그러니 어찌할 것인가. 온갖 색과 소요를 넘어 흰빛에 가 닿기, 혹은 그 소요와 환락 속에 흥건히 잠기기, 또는 욕망의 꽃밭에 여러 빛깔의 꽃을 피워내어 색을 증식시키기, 증식된 빛깔과 빛깔의 충돌, 그로 인한 문제와 문제의 마찰, 힘과 힘의 대결로 폭발되는 폭죽놀이 즐기기 등으로 우리의 세상은 소란하고 또 소란하다. 그날의 내 흰옷을 꺼내어 거풍을 하는 이 소요의 시간, 변색된 흰빛 자락이 바람에 싸여 하염없이 펄럭인다.

오늘은 하늘이 푸르고 바람도 맑다. 베란다 창가에서 햇볕을 쬔 영산홍 꽃이 환하게 웃고 있다. 겨울 동굴 속에서 길어 올린 화초들의 초록빛이 작은 잎마다에서 반짝인다. 이런 날엔 확 트인 들녘으로 마냥 뛰쳐나가고 싶다. 연둣빛 신록이 꽃보다 아름다운 오월의 산야를 찾고 싶은 마음이 간절해진다. 그러고 보니, 마침 오월의 어느 야유회 생각이 난다.

그날, 우리는 온통 신록의 풍경에 에워싸여 있었다. 생명의 원색이라 지칭되는 초록에 대하여, 특히 연둣빛 신선함에 대하여 '좋다. 보니 좋다!' 라고 우리가 초록예찬을 연발하고 있을 때, 뜻밖에도 초록빛에 넌더리가 나 있는 한 사람과 마주쳤던 기억이 새롭다. 그는 멀리 태평양을 건너온 이국인이었다. 그의 고향이 사철 푸르기만 한 대초원의 외진 마을이어서 초록빛에 의한 단절과 고독감이 그로 하여금 초록에의 심한 멀미증을 갖게 했다는 후일담을 들었지만, 그러나 그때는 초록에의 그의 반감이 생 자체에 대한 불순한 저항처럼 내게는 다가왔다.

나는 그때 그를 '안티 초록'이라 불렀다. '초록'을 지루해 하는 그를 곁에 두고 그날, 우리 '초록 예찬'의 순진 파들은 풍광이 수려한 자연 안에서 순수한 기쁨을 나누며 모처럼만에 평화로운 휴식을 즐기고 있던 참이었다.

그런데, 이게 웬 일이야! 삽시간에 분위기는 돌변하고 말았다. 여기저기서 비명 소리가 들려오고, 일행 중의 몇 사람은 벌써 저만치 달아나고, 나는 뒤늦게야 우리 가운데서 충격적인 한 사건(?)이 발생한 걸 알아차렸다. 숲 속 일을 훤히 꿰뚫고 있는, 소위 '안티초록'인 그가 눈 깜짝할 사이에 풀숲에서 뱀을 맨손으로 사로잡아 높이 쳐들고 있는 게 아닌가. 마치, 아득히 먼 수렵시대에서 불쑥 한 남자가 걸어 나와 숲 속에 우뚝 서 있는 듯한 착각에 정신이 아찔한데, 산 뱀의 모가지를 틀어잡고 이쪽으로 다가오는 것이었다. 버틸 재간이 없는 우리는 질겁해 도망치고, 짓궂게 쫓아오고, 쫓아와서는 꿈틀거리는 뱀을, 그것도 맹독이 있는 뱀을 와락 코앞으로 들이밀기까지 하며 그가 신나게 웃어재끼고, 그러는 사이, 공포에 질린 몇몇 아가씨들은 이미 얼이 빠져나가 '얼짱'이 아닌 얼빠진 '얼빠짱'이 되어 자리에 풀썩 주저앉기까지 했다. 그런데, 이번에는 더 놀라운 일이 벌어진 것이다. 단 한순간에 글쎄, 살아 있는 뱀의 껍질을 익숙한 솜씨로 통째로 주르륵 벗겨낸 것이다. 그러자 입이 딱 벌어지고, 벌어진 입을 다물지 못해 '얼빠짱'들의 그 벌어진 입으로 남은 얼마저 빠져나가버려 비틀비틀 얼얼해 하고 있는 사이, 뱀의 허연 속살이 물커덩 빠져나오는데, 몸보신 할 사람은 이 앞으로 얼른 나와 이 영양덩어리를 얼른 가져가라고, 머뭇거리면 놓친다고 그가 재촉하고, 그러나 몸보신을 위해 얼을 챙겨 담고 일어나 얼른 앞으로 나서는 '얼든 짱'은 없었다. (나중에 안 일이지만, 우리 일행 중에도 얼이 안 빠진 실속파가 있긴 있어 뱀의 알맹이 살을 아무도 모르게 챙겨 가져가는 걸 누가 보았다는구면. 실속 없는 '얼빠짱' 곁에 그래도 알맹이를 챙겨갖는 알찬 '알짱'들이 있어 세상은 또 활기차게 돌아가니 천만 다행이랄 수밖에)

그는 갑자기 허리에서 혁대를 풀어내었다. 우리가 영문을 몰라 의아해 하는 순간, 뱀가죽의 입구로 혁대를 죽죽 끼워 넣는 게 아닌가! 금방 고가의 명품인 뱀가죽 혁대 하나가 뱀이 떠난 자리에서 탄생되는 희귀한 순간을 목격한 것이다. 혁대 사이즈에 한 치의 오차도 없이 딱 들어맞은 사피蛇皮, 신기에 가까운 그의 눈 설미에 또 한번 놀라 눈이란 눈들이 동전만큼 휘둥글 해졌으나 겨우 정신을 가다듬고 가까이 다가가 보니, 혁대에서 빛나는 뱀의 기하학적 무늬의 무지개 빛깔이 황홀하기 그지없었다.

　죄성罪性은 무릇, 찬란하고 황홀한 색 속에 깃들어 있는 것일까. 아름다운 색을 몸에 눈부시게 두르고 분열된 두 혀를 날름대며 땅을 향해 땅으로만 기어 다니는 뱀, 그 뱀에게서 옛 사람들은 일직이 색들의 뒤엉킴으로 인한 색의 카오스, 그 비극적 미학을 보아버린 것이리라. 또한 뫼비우스의 띠를 소재로 조각한 막스 빌의 〈끝없는 표면〉처럼 처음과 끝을 교묘히 감추는 뱀의 똬리 속에서 끝없이 순환하는 죄성의 슬픈 띠를 읽게도 되는 것이리라. 나는 혁대와 뱀 사이에서 원죄 탄생의 설화(구약성서 창세기 3장)를 떠올리며, 그렇게 한동안 망연히 서 있었다.

　생명의 원초적 푸르름을 비웃기라도 하는 듯한 그의 '안티초록'! 그러나 좀 더 넓게 보면 그것은, 초록지대에서 빚어지는 정글의 법칙, 그 약육강식弱肉强食의 비극성을 혐오하는 그의 의식의 한 단면일 수도 있겠으나, 아이러니하게도 그 비극성을 즐기는 모순을 탁월한 능력으로 뱀 사냥을 통해 보여준 셈이다. 그때 나는 그의 안티초록의 이중성에 오버랩 되는 한 염원念願의 목소리를 들었던 것 같다. 색의 카오스가 아무리 현란할지라도 빛에서 나온 모든 빛깔들은 생명의 원색인 초록을 통과하여 흰빛에 닿고자 한다. 라는 염원 말이다. 염원의 울림이 생생할수록 초록은 내 눈앞에서 더욱 싱싱한 빛으로 펄럭거렸다. 존재 안과 밖에서 들끓는 색상들의 갖가지 현상으로써의 집합과 분열, 그로 인한 희열과 허무, 비애와 상처를 다독여 품어 안고 걸러내며 정화하는 흰빛의 법력法力 한 가닥이 그래도 우리 내부의 깊은 곳에 깃들어 있음을 나는 펄럭이는 초록빛을 통해 보았다. 삶의 희비극이 끝없이 연출되는 이 초록지대에서 초록지대를 통과하고 있는 우리의 행보가 그렇게 무상한 것만은 아니어서 이제, 겨울이 오면 옷 벗은 나무들의 누드 앞으로 다가가 악수를 청하는 일도 즐거우리라.

『정신과표현』 2004년 5, 6월호

별꿀이야

닿을 수 없는 거리, 그 아득한 저쪽에 반짝이는 빛이 있어
사람들은 그 빛을 별이라 명명했다. 그리고 미지의 세계이고
신비의 공간인 저쪽에 떠 있는 별들에게 사람들은 끊임없이
동경과 사랑, 이상과 꿈을 실어 올렸으며, 이들을 실현하기
위한 지혜와 의지 또한 그 별들에게서 쉼 없이 길어 내렸다.
설령, 꿈과 이상이 현실을 초극하고자 하는 그 도도한 역류성
으로 하여 이 현실 세계에서는 미완의 영역으로 남을 수밖에
없다는 사실을 알아버렸다 할지라도, 하여 생의 한복판에서
몇 번씩 넘어진 아픈 기억을 별 아래 간직할 수밖에 없었다 할
지라도 여전히 우러러볼 수 있는 신선한 좌표를 사람들은 지

상 너머의 저쪽에 별이라는 표상으로 남겨두고 싶어 했는지도 모른다.

그런데, 밤이 불야성을 이루면서 어둠이 희석되자 오염된 도시의 밤하늘에는 별이 잘 보이지 않게 되었다. 농경마을의 밤하늘을 찬란하게 수놓았던 별들이 자본주의의 하늘에서는 기척 없이 잠적해 간 것이다. 그것은 어쩌면 별을 비추는 어둠이 어둠을 상실해간 모순을 드러내는 일이 되기도 한다. 즉 오늘의 세계와 인간존재에서 증폭되는 어둠이 성찰과 사유의 여백을 거느리게 했던, 그래서 별을 비추는 바탕이 되어준 어제의 어둠을 소리 없이 잠식해버린 결과이기도 하기 때문이리라.

하늘의 별을 지상으로 끌어내린 지상문명의 힘은 참으로 위대했다. 그러나 땅의 별들이 발산하는 그 현란한 유물론적 광채에 찔려 눈이 부신 우리의 눈들은 그 부신 강도만큼 흐려져 갔다. 별이 뜨지 않는 하늘 아래서 우리네 일상은, 그러므로 별일 아닌 일로 별나게 북적대고 별나게 부딪치며 사람과 물질 사이에서 '볼일'이 많아지는 것과 달리, 삶의 내실면에서는 '별 볼일'이 없게 되었다. 그만큼 우리들 일상의 분망함에 공허의 구멍이 뚫린 것이다. 사실, 생산과 재화획득을 위한, 또한 소비와 소유를 위한 현실적 삶으로서의 '볼일'과 정신적 가치 창출의 상징성을 지닌 '별(을) 볼일'과의 간극의 골은 날로 깊어져 가고 있다.

그럴지라도 오늘은 별들이 쏟아지던 고향집 마당이 그립다. 평상에 누워 아스라한 은하계의 금광석 보석 별들을 바라보며 꿈을 간직하던 그 밤하늘이 그립다. 눈에 별빛이 닿기까지의 몇 만 광년의 시간과 거리에 압도당하는 외경으로 눈이 빛날 때 눈을 깜박거리며 바라보는 밤하늘은 그야말로 현란한 우주의 전시관이기도 했다. 별들의 과거가 우리 지구인들에게는 현재로 반짝이는 그 신비를, 그리고 늙고 젊은 별들 사이에서, 죽고 태어나는 별과 별 사이에서 펼쳐지는 우주의 대 문헌을 도무지 해독할 길 없는, 순진한 무지가 오히려 가슴을 설레게 했다.

그러나 별은 하늘에만 떠 있는 게 아닐 것이다. 이 광활한 우주 역시 나와 무관하지 않을 터이다. 내 몸의 세포들이 걸어 나온 장구한 시간이 내 몸 안에 내장되어 있는 까닭이다. 우주 나이 대략 137억년, 지구 나이 45억년이라는 시간을 거쳐 온 길, 광활한 우주에서 이 지구상에 생명으로 오기까지의 그 아스라한 길이 몸 안에 길을 내었다. 몸 안의 길을 타고 달리는 혈류血流로 심장이 뜨거워지는 밤이면 사람들은 공중에 고독한 섬으로 떠 있는 별을 향해 제 고독의 폭죽을 쏘아 올리기도 하리라.

　나는 별을 보고 잠들 수 있는 방 하나를 갖기를 소망했다. 천장 없는 방의 지붕을 둥근 유리로 만든 그런 집에서 별을 보고 잠이 들기를 꿈꾸었다. 서울을 탈출하여 이곳 늙지 않는 동네, 불로동不老洞으로 이사를 온 것도 이곳의 숲과 맑은 공기가 그 연유이지만, 불로동 하늘에서 별을 볼 수 있으리라는 기대감도 한 몫을 했던 것이다.

　이사 온 그 해 유월은 유난히 개구리 울음이 창창했다. 밤이면 지천으로 개구리 울음이 들녘 가득 넘쳐났다. 그러나 이 목가적 풍경 속에서도 밤하늘에 별들이 조금밖에 드러나지 않아, 이사 온 첫날부터 별이 아닌 개구리 울음을 베고 잠들 수밖에 없었다.

　그러나 재미있는 일은, 하늘의 별 대신 길에서 별을 보게 된 일이다. 김포 후미진 길가에서 별을 달아놓은 특별한 가게를 만난 것인데, 그 가게 간판 한가운데에 커다랗게 별 꼴이 그려

져 있었다. 하여 가게 이름인즉 〈별★꼴이야〉

　〈별★꼴이야〉에서는 별무더기처럼 아이들의 장난감들이 오
순도순 진열돼 있었고, 별과 무관한 상품은 아예 보이지도 않
았다. 김포의 별 한 둘이 〈별★꼴이야〉를 기웃거리는 동안은
간판의 별 그림에서 빛이 반짝 빛나고 가겟집 주인의 가슴에
도 별빛이 스미는 환함이 있었을 테지만, 짧은 환함 뒤의 긴
정적이 이 가게를 무겁게 떠메고 갔다. 현실과 별, 이윤과 별.
이 둘 사이의 서로 닿지 못하는 근원적 간격 사이에서 가게주
인은 날마다 하릴없이 정물처럼 앉아 있었다. 이쯤 되니, 간판
에 별을 그려놓은 게 사단이라면 사단이었겠다. 도무지 장사
가 안 되니 말이다. 가뭄에 콩 나듯 가끔은 별에 꿈과 사랑을
묻었던, 옛 밤하늘을 추억하는 이들이 아기의 손을 잡고 그 완
구점을 찾곤 했지만, 별(을) 볼일 없는 사람들은 그 가게 간판
조차 눈여겨보지 않았던 것이다.

　별 볼일 없는 사람들이 오히려 별 볼일 있는 사람들을 힘으
로나 수량으로 압도해서일까. 가게는 나날이 한산해지고 가게
주변, 사람 사는 동네는 날로 소란해져 갔다. 별들이 숨어버린
하늘 아래서 수상한 바람이 불고, 바람 부는 집 안에서도 울

밖으로 고성이 튀어나오곤 했다. 이때는 가게 간판 위에 붙어 있어야 할 〈별★꼴이야〉가 잠시 하강해 별이 지워져버린 '별꼴이야!'가 되어 성난 입에서 입으로 옮아 다니는 것이었다.

전동차 안에는 사람들의 풍경이 널려 있다. 그리고 흘러가는 시대의 표징들이 깃들어 있다. 지상 선로를 달리는 1호선 전동차 안에서 차창 밖을 바라본다. 차창 밖으로 빠르게 지나가는 외경外境이 속도와 변화의 함수관계를 일러준다. 세계 내에서 지구의 공전과 자전의 감전感傳 속도가 빨라지고 인간의 사고의 진행, 행동의 추진도 빨라지고, 이렇게 속도전으로 달려온 오늘이 어제와의 거리를 아련하게 벌려놓았다. 어제와 오늘의 거리가 속도의 가변성만큼 멀어지게 되었으므로 우리가 두고 온 고향이나 별을 헤던 순박한 눈망울들이 아스라한 망각의 안개 속에 가려지게 되었음도 무리가 아닌 것이다.

나는 앞좌석에 앉은 승객들을 바라보면서 전동차 내의 풍경의 변화를 실감한다. 젊은 승객들이 제 각각 스포츠 신문을 펼쳐들고 읽거나, 워크맨을 듣던 시절은 이미 옛날이 되었다. 휴대폰의 시대가 등장 하면서 먼저 변화의 정경이 전동차 안에서 드러났다. 그야말로, 전동차 안은 휴대폰을 향해 겸손 하게 고개 숙여 절을 해대는 휴대폰의 열성신도들로 교체되어 갔다. 휴대폰이라는 가공의 '신'이 등장한 이래 손가락운동이 날로 빨라지는 소위 손가락 족들의 신앙고백인즉 '휴대폰은 내 사랑! 휴대폰 없이는 하루도 못살아!'

이 예배행태의 특징을 굳이 지적하자면, 모든 종교의 공동체의식을 뛰어넘는, 극히 사적이고 은밀한 '나 홀로 예배'인 것이다. 혼자 열중하고 혼자 웃고 혼자 심취하는 모노드라마의 연출이 그것이다.

그러니 이 따로국밥형인 휴대폰 열성신도들의 진풍경을 나이든 어르신네들이 보고 속으로 웅얼거릴 법한 말인즉 '별일이야!'

하지만 이 풍경을 별일이라고 보는 구세대들의 시선이 실은 별일인 것이다. 휴대폰의 진화가 디지털 환경을 주도하고 스마트 폰의 전능 시대가 빠르게 내일을 앞당기고 있기 때문이다. '손가락 터치'의 전성시대인 오늘은 또 노터치의 다음 단계를 향해 행진을 서두르고 있다. 우리 사회의 디지털 문화를 주도하는 새로운 세력군으로 떠오른 이 손가락 족들의 따로국밥 식 풍경은 이제는 별일도 아닌 일상사가 되어 있다.

　반면에 전동차 안에서 '별일'이 발생하는 쪽은 나이든 구세대들이다. 신체적 퇴화현상이 속도로부터의 소외를 불러오는 요인이 되고 있어서일까. 오히려 휴대폰 열중신도들의 묵언수행을 방해하며 소리쳐 휴대폰을 받는 이들은 이 나이든 세대들인 것이다. 상황판단이 느리고 감각과 동작이 둔한 구세대들을 못마땅하게 건너다보는 젊은이들의 눈길에서 흘러나올 법한 말인즉, '별꼴이야!'

　젊은 센스와 퇴화된 감각이 한 공간에서 서로 마주치면서 양쪽의 거리감을 확인하는 현장도 그러고 보면 이 전동차 공간이다. 기계를 향유할 뿐만 아니라, 아예 기계와의 동거를 즐기는 세대들과 기계에 대한 거부감과 두려움을 갖고 있는 기계치들과의 간격은, 지식 정보와 그 활용 면에서 점점 확대될 수밖에 없게 된다. 별일이 아닌 것 같지만 별일인 것이 바로, 이 기계로의 소외가 몰고 오는 상실감과 불이익일 것이다. 그러나 그 이면에는 또한 기계로의 몰입이 가져오는 여러 양태의 병폐와 재앙이 맞물려 있음도 간과할 수 없게 되었다. 〈별★꼴이야〉가 '별꼴 다 보겠네!' 라는 의미의 '별꼴이야!'로 바뀌는 데도 이미 가속이 붙었다.

"이 칸의 차량번호는 1252입니다" 전동차 문 위쪽에 표기된 문안이다. "전동차 안에서 심심하지 않도록 즐거운 시간을!" 차량번호에 이 말이 딸려나오는 듯하다. 그러나 걱정 없다. 심심할 리 만무하다. 오히려 구세대 사람 눈에는 볼거리가 많아 민망할 때가 있는 것이다. 재방영 드라마도 아닌 생생한 생방송 장면이 전동차 안에서 느닷없이 연출되곤 하기 때문이다.

방금 막 승차한 한 쌍의 신세대 연인은 구석 자리를 잡고 돌아서서 바쁘게 서두르는 게 있다. 부둥켜안고 서로 뺨 맞대고 속삭이는 일이다. 젊은이들의 반응은 점잖은 편이나 불편해하는 쪽은 나이든 어른들이다. 그들을 슬금슬금 훔쳐본 내 옆의 승객이 눈치껏 낮은 목소리로 한 마디 한다. "우리 집에도 저만한 딸이 있는데, 걱정이네요. 갈수록 참, 별일이야!"

그러나 애정 표현에 개방적인 저 용감성을 두고 누가 감히 별꼴이라 운운하겠는가! 전동차 안에서 진짜 별일 중에 별일이 터진 것은 그로부터 10분도 안돼서이다. 승객들이 몰려 서 있던 문 쪽에서 한 아가씨가 상대방 몸을 밀어내며 덜컥 소리부터 질러댄 것이다. "별별 별꼴을 다 보겠네!" 그 좁은 공간에서 은밀하고 수상쩍은 일이 음성적으로 또 일방적으로 저질러졌음이 분명했다. 그런데, 별을 아예 몸에다 단 일군의 피어

싱족들이 코에서, 배꼽에서 금속성의 빛을 반짝이며, 노출된 어깨를 흔들고 그 곁을 지나가고 있다. 이때다. 고리를 주렁주 렁 엮은 귀걸이를 하고 머리카락을 뾰족뾰족 삼각기둥들로 뻗 쳐 세운 초현대식 헤어스타일(?)을 한 청년이 우리 열차 칸으 로 건너 온 것은.

승객들의 눈이란 눈이 그 청년에게로 쏠리는 동안, 내가 바 로 앞에 서 있는 신세대 아가씨에게 저 톡톡 튀는 헤어스타일 의 이름을 알고 있느냐고 묻고 그 아가씨가 재치 있게 응대 한다, 아, 지금 당장 이름을 붙이죠. 뭐, 〈섰다뻗쳤다〉로.

그 청년은 이 〈섰다뻗쳤다〉의 독특한 헤어스타일로 자신의 존재를 특출하게 드러내는 데 성공했다. 단정함과 평범함에서 탈출한 청년의 화려한 외출이 이 전동차 안에서 더욱 화려하 게 조명 받은 셈이다. 그리고 보니, 조여드는 일상 과업의 압 박감으로부터 벗어나기 위한 반란이 청년의 피라미드형으로 뻗친 머리에서 한동안 번뜩거렸다. 그래도 두상에 힘없이 누 워있어야 할 머리카락을 빳빳하게 힘을 주어 하늘을 향해 세 워 놓았으니 이는 족히 하늘을 흠모한 까닭이며, 하늘을 향해 머리와 머리카락까지도 통째로 들어 올렸으니 그 기도의 경지 가 옛 선인들의 정화수 기원을 뛰어넘을 만한지라. 기도의 샘

플 머리모형으로는 손색이 없으렷다! 그러니, 하늘을 향한 기도와 예찬의 거룩한 지향까지도 엿보게 해주는 이 신종 헤어스타일에 새삼 경의를 표하지 않을 수 없게 된 것이다.

결국, 완구점 〈별★꼴이야〉는 문을 닫았다. 그러나 별을 사랑하는 마음들은 이 지상에서 살아지지 않을 것이다. 이 세상에서 시를 쓰는, 별 볼일 있는 종자들은 별종으로라도 끝까지 살아남아 있게 될 것이다. 지금도 희석됨이 없이 밤을 밤으로 보존하고 있는 시골의 밤하늘에는 옛 별들이 그대로 반짝이고 있다. 하늘 향해 뻗친 청년의 피라미드형 머리카락 위에 고전적 별이 얼핏 떴다 사라진다. 눈을 비비고 보니, 그 헤어스타일에 이미 별 모양의 별꼴이 감춰져 있었던 것이다.

『정신과표현』 2005년 11, 12월호

해 뜨는 아침

동녘에서 불끈 솟아오르는 해, 그 해 돋는 풍경은 언제 보아도 경이롭다.경주 토함산이나 동해 정동진에서, 혹은 대포항 끝자락 외옹치마을이나 서천 마량포, 그 어디에서도 동녘의 일출은 장엄하고도 찬란하다. 천해만산千海萬山에서 한꺼번에 해가 솟구쳐오를 때, 해맞이의 위치와 시각이 제각각 다를지라도 빛은 보는 이의 눈으로 들어와 일렁인다. 더러는 마음마저 반짝 빛에 닿을 때는 눈이 더욱 빛난다. 그것이 새해 새아침의 해돋이라면 더욱 그러하다.

한 해가 가고 오는 길목에는 언제나 바람이 불었다. 어둠을 밝히는 새해 새아침의 번들거리는 불덩이 뒤쪽에서는 몇 겹의 제야의 범종소리가 일제히 재생되어 우르릉 울리고, 그 종소리에 서른세 번씩이나 무너져 내린 여린 핏빛 가슴이 얹히고, 병상에서 마지막 듣는 임종자의 눈물이 얹히고, 종소리 하나에 내일을 걸고 종소리 하나에 사랑을 꿈꾸는 소녀소년들의 싱싱한 희망도 나부끼는, 그 눈물과 희망들이 발화점에서 불꽃을 피우는 용광로는 뜨겁다. 지구가 해를 돌고 돈 수십억 년의 지구의 시간을 살라먹고 시공 안팎으로 들고난 지구생명체의 소멸과 생성의 수레바퀴를 공전시키는 저 태양의 동력은 또한 참을 수 없이 거세다.

해가 거센 불 거울로 어둠이 삼킨 온갖 풍경들을 거침없이 토해내기 시작하면 그때 보게 된다. 알게 된다. 빛이 얼마나 열렬하게 감춤을 드러내고 미세한 티끌과 먼지입자까지도 있는 그대로 노출시키는가를, 어둠이 덮어둔 불순물과 위장된 포장을 얼마나 사정없이 까뒤집어 낱낱이 벌거벗겨놓는지를 알게 되는 것이다. 그러고 보면 빛은 장막을 가르는 칼이고 안일한 허위의식을 찌르는 송곳인 셈이다. 무지를 뒤엎는 전복자인 것이다. 내 얼굴을 햇빛 속에 들이밀면 살아온 세월만큼 정화돼 있기는커녕, 오히려 잡티투성이인 맨 모습이 들통 나고 만다. 그럼에도 봐야하는 것을 빛 속에서 볼 수 있다는 것, 봄으로 행동할 수 있다는 것, 그렇게 하여 빛 속에서 환해질 수 있다는 것만으로도 충분히 아침시간이 청명해지는 것이다. 그리고 이 청명성 안에서 비로소 시무룩하던 희망이 배시시 웃음을 보내오고 '시작'이라는 싱싱한 어휘가 생기어린 의미로 다가온다.

그러나 그늘에 갇힌 마음들은 해돋이 앞에서도 날이 저문다. 해는 오로지 오늘이라는 날을 날 것으로 지상에 부려놓고 서둘러 땅과 하늘을 빛으로 채우려 하지만, 빛을 덮는 회색 안개를 마치, 지상의 밥처럼 떠먹고 미명未明의 울타리 안에서 서성댈 때는 빛은 아득해 눈이 더욱 침침해진다.

어둠이 거치기 시작하는 미명微明에 잠을 깨고 창문을 열면, 유달리 안개가 많은 이곳 불로동에서는 지척의 나무들조차 안개이불에 덮여 보이지 않는다. 바람과 나무이파리들과의 낮은 속삭임도 도무지 들리지 않는다. 펄럭임 한 자락 없는 이 안개 지대에서는 사물을 제 모습 그대로 '본다는 것'이 허사다.

그러나 눈 대신 귀를 열어 놓고 있는 사람들은 들을 것이다. 엷은 안개자락 속에서 음악의 감미로운 선율을 읽어내는 이들은 지금, 안개 뒤쪽으로 잠적한 보이지 않는 그리운 이름들을 추억의 목소리로 부르고 있을 것이다. 저 안개휘장에 가려 있는 미지의 방에 순결한 처녀성으로 앉아 있는 아름다운 신비한끝을 또 누군가는 손을 내밀어 더듬고도 있을 것이다. 그러므로 찌든 일상 너머로 아련한 서정마저 불러오는 그 분홍빛 안개를 어떤 이들은 불 지핀 가슴에 자꾸 퍼 담고도 있으리라.

하지만 안개, 그것은 빛과 어둠 사이에 서리는 회색 베일, 빛도 어둠도 아닌 제3의 현상, 그러니 안개 속에서는 매사가 흐릿하고 애매모호할 수밖에 없다. 이 모호성 안에는 분별을 분별 못하게 하는 가리막 장치가 있다. 왜곡과 진실을 혼동하고 바꿔치기하는 역리逆理기능이 숨어 있다. 그러니 문제는 우리 의식의 저변에 깔려 있는 안개다. 의식의 표현表現인 언어에까지 들러붙는 안개다. 이는 어쩌면 인간 한계의 영역이고, 손상된 존재의 기상현상인지도 모른다. 그러므로 개개인의 사고의 무질서와 무명無明으로 인한 마찰과 충돌로 점점 가야할 '길'이 멀어 보인다. 끝내, 본체本體를 여읜 희미한 그림자들이 질펀하게 누워버린 안개 속의 소란과 정적은 무섭다. 그러니, '뜬눈'은 빛 안에서만이 뜬눈이어서 보이지 않던 것들이 보인다

는 것은 분명 무명의 안개를 넘어 도달하는 빛의 은총이라 할
것이다.

　안개 걷히고 주변의 물상들이 생생하게 제 빛으로 돌아오는
날이면, 잠에서 깨나듯 시야가 밝게 트이기도 한다. 이런 날,
드맑은 하늘 아래서 물가를 거니는 일은 즐겁다. 이때 우리가
흔히 보는, 그러나 결코 흔치 않는 정경이 있다. 눈부심으로
인각되는 그것은 물과 빛과의 만남이다. 햇발이 수면 위를 통
통 뛰어다니는 자국마다 빛 방울들 톡톡 튀어 오르는 그 빛 부
신 아우라가 지상의 지평을 넘어선 궁극적인 그 무엇을 감지
하게 하는 하모니를 들려준다. 빛과 물의 어우러짐은 그래서
아름다운 것일까. 이 아름다움 앞에서는 갈망 하나가 눈을 뜨
기도 한다. 최상의 빛으로 뜨이는 각성의 순간이 번개 치듯 생
애에서 한 번쯤 와주기를 간원하는 갈망 말이다. 빛이 존재내
의 물의 기운인 원형적 신성神性과 접합하는 순간에 아집의 고
체성을 허물고 터져 나오는 큰 울림이야 말로, 바로 그 시점이
아침시간이고, 여운이 깊어 청아한 그 아침의 쇠북종소리일
것이다.

그러나 인식의 아침이 아닌, 자연의 아침을 맞는 자연인들에 있어서도 아침은 하루의 시작을 알리는 신선한 시각時刻으로 다가온다. 비교적 명료하며 삶의 의욕이 강렬한 사람들은 대부분 아침 일찍 기상하는 소위 '아침형 인간'들로 여겨진다. 취침과 기상에 있어서도 인체 내의 생체시계가 사람마다 조금씩 다르게 돌아가고 하루 동안의 생활 리듬도 개인마다 차이가 있다는 생리학적 사실은 제쳐두고라도 아침잠이 많은 나로서는 아침 일찍 일어나는 그 충직하고 건강한 체질의 '아침 형 인간'들에게 우선 경의를 표하게 된다.

전형적 아침 형 쪽에 드셨던 할머니께서는 늘 동이 트기도 전에 깨어나셔서 아침시간을 금쪽 같이 아끼셨다. 나는 할머니의 철저한 규칙적 질서와 근면성을 도무지 감당해내지 못했다. 실천력과 의지력이 남달랐던 그분은 몸도 정신도 한결같이 뜨거운 분이셨다. 할머니의 몸에서는 늘 두 줄기의 불이 흘렀다. 생명의 줄기찬 불길 곁에서 타오르는 또 하나의 불은 화기火氣였다. 이 화기가 요동치며 발끝까지 뻗쳐 흐르는 바람에 발바닥은 화상 입은 듯 노상 뜨거웠다. 당신의 각별한 사랑이고 삶의 의미 그 자체였던 외아들을 앞세워 저 세상으로 보낸 후로 생긴 이 증세는 좀처럼 가실 줄을 몰랐다. 못 견디게

발이 뜨거운 날이면, 할머니는 그 휘영한 집 긴 마루 끝에 덩그마니 걸터앉아 높다란 댓돌 위에 놋대야를 올려놓고 차디찬 물에 화끈거리는 발을 담근 채 마당가 석류나무를 하염없이 바라보시곤 했다. 그러나 당신은 그 발로 당신의 슬픔을 헤쳐 부지런히 걸어 나가셨다. 그 발로 먼저 동트는 쪽을 향해 새벽길을 걸어 나간 것이다. 새벽길에 열려 있는 성당 문으로 들어가는 일, 그곳에서 매일 새벽미사를 드리는 일이 당신의 최선의 일과이고 기쁨이었다. 돌아오는 길은 마침, 동산에 해가 솟아오르는 무렵이어서 귀가길이 환했다. 그 사계절의 새벽길과 해 돋는 길을 오간 당신은 그 길에서 힘을 얻고, 그 힘을 지팡이 삼아 당신의 일생을 부지런히 살아내셨다. "나는 한 번 결심하면, 하늘이 두 쪽이 나도 해낸다."는 것이 할머니의 신조였다. 길이 아니면 가지 않고, 고드름도 씻어 먹는다는 염결성 또한 당신의 삶의 지표이기도 했다.

아침잠이 많은 나에게 할머니의 훈계는 매서웠다. "지는 해를 아끼지 말고 뜨는 해를 아껴야 하느니라." 시간이 사람을 기다려주는 게 아니고 사람이 시간을 경영해야 함을 뒤늦게 깨치고 후회한다 해도 그때는 이미 해가 지고 있는 중, 그러니 시간 활용의 지혜는 아무리 강조해도 부족하다는 것이다. 이 말씀이 오늘 가슴에 걸려 나는 몇 번 밭은기침을 뱉어낸다.

해 뜨는 아침

　허공에서 내려온 바람이 땅 위 생물들의 내밀한 현을 건드리며 회오리친다. 시간의 허허함에 부대끼는 이들의 신음소리, 생의 지각생들이 뒤늦게 내지르는 회한의 음색이 바람에 묻어 소슬하다. 이 바람 가운데 아직도 나는 나그네로 서 있고, 내 옷자락이 몸보다 먼저 쓸쓸이 나부낀다. 하늘과 땅 사이에 부석浮石으로 지은 지상의 집 한 채, 이 흔들리는 지상의 집에서 그래도 나는 아침마다 동녘을 향해 아침 창을 열 것이고 뜨는 해를 바라보리라. 만수산이 선명하게 보이는 안개 없는 아침이면 새로움을 향유하는 꿈도 꾸리라. 새것을 찾아 나서기도 하리라. 햇발 속에서도 티끌 없는 투명한 얼굴 하나 문득 보고 싶어지는 날, 새아기의 맑은 눈망울과 싱싱한 미소가 보고 싶어지는 날, 그런 날이면 나는 집밖으로 나가리라. 어여쁜 우리 조카아기 준호를 보러 오늘은 외출을 해야겠다.

『정신과표현』 2005년 1, 2월호

창 안의 불빛, 창밖의 눈빛

날이 저물면 의식 속에서 부유하는 것들이 침잠되고, 창 안 팎의 물상物像들이 제 고요의 자리로 돌아와 앉는다. 침묵이 잠시 빛난다. 그리고 저무는 들판 너머에서 사람들의 숨결을 싣고 가물가물 바람이 건너올 때, 그 숨결들에 묻어온 온갖 내 밀한 감정, 혹은 지칠 줄 모르는 그리움들이 바람에 풀려 너울 거린다. 그러므로 저물녘의 이 아련함은 어둠에 밀봉되기 전 의 그리움의 그윽한 노출이거나 우리네 고달픈 삶이 빚어낸 눈물 빛이리라.

사람들에게서 흘러나온 물빛 회상들이 강줄기를 따라 저물 어가는 강 하구 쪽으로 파도쳐 흘러가는 저녁이면, 그 저녁의

운율을 타고 누군가의 눈이 젖어들고. 베일에 반쯤 몸을 가린 나무들도 이 아련한 저녁 빛을 흔들고 서서 제 그림자를 이미 거둬들였다. 낮 동안 들끓는 열기에 짙어진 제 몸의 초록을 낱낱이 잠재우는 나무에서 침묵이 더 빛난다.

그러나 무엇보다도 저녁나절은 귀가의 시간이다. 뒤로만 길을 내므로 서로 만나지 못하는 낮과 밤이, 오고 가는 길목에서 어스름 눈빛으로 잠간 마주치는 시각에 사람들은 제 등 뒤의 그림자를 지우고 정면으로 '나'를 돌려세워 어렴풋이나마 '나'를 대면하기도 한다. 낮과 밤만큼이나 배후로만 떠돌아 엇갈리고 엇도는 것들 사이에서 덧없이 저녁노을이 걸릴 때 생이 저물어가는 그 안마당은 노을빛 하나만으로도 붉다. 그러기에 이 저녁나절은 귀가를 서두르는 시간이다. 눈동자들이 제 몸의 창을 열고 등불을 밝히는 시간인 것이다. 집집의 창 마다에서도 눈동자처럼 하나둘 불빛이 켜지고 있다.

저녁시간은 귀가의 시간이기도 하지만, 집으로 돌아가고 싶지 않는 사람들이 배회하는 시간이기도 하다. 저녁 빛에 굴절된 상념들이 몸을 끌고 길로 나오고, 흠뻑 취할 수 있는 것들

속으로 주춤주춤 걸어들어 간다. 그래서 밤이면 술집들이 붐빈다. 술집 앞은 언제나 비틀거리는 발길들로 어지럽고 길이란 길이 빙빙 꼬여 돌고 집으로 가는 길이 점점 눈앞에서 아득해진다. 그러나 취하지 않은 맨 정신의 배회는 춥고 배고프다.

길가 호젓한 가로등과 가로등 사이에서 집나온 상념들이 몇 번 더 절룩거리는 동안, 제 고독이나, 상실, 상처, 불안들이 오색으로 들끓어 밤은 소리 없이 소란하다. 죽음에 이르는 병 하나씩을 천형처럼 짊어지고, 길에 나와 노숙하는 이들을 지나 집집의 창 앞을 지날 때, 창 안의 불빛들이 그지없이 따뜻해 보이는데, 그 등불 아래서 가족들이 식탁에 둘러앉아 김이 모락모락 나는 된장찌개를 앞에 놓고 저녁식사를 하는 정겨운 풍경도 창으로 언뜻언뜻 비치는데, 그 아늑하고 단란함으로부터 쫓겨난, 지금 혼자인 사람은 창안의 불빛을 훔쳐보며, 구걸하며 어두운 바람 속을 그렇게 서성이고 있는 것이다.

밥의 구걸만이 어디 구걸이랴. 제 속에 들앉아 있는 배고픈 걸인이 남루를 걸치고 창 밖에 서 있는, 누가 알랴! 우리네 삶이 왜 이토록 눈물겨운지를, 누군들 창밖, 생의 밤길에서 방황

해보지 않은 사람이 있으랴! 집집의 불 밝은 창밖, 깜깜한 무인지대無人地帶의 단독자單獨者로 추위에 떨어본 사람은 알리라. 고독의 무서운 구멍 속에 작은 블랙홀 하나씩이 감춰져 있다는 것을, 우주의 어느 블랙홀을 죽음으로 통과해 지상에 닿았을까? 별에서 온 사람들의 별을 향한 그리움이 지독해 길에서의 끝없는 배회를 부추기는지 누가 알랴! 그 정처 없음으로 하여 귀가길이 점점 멀어져가고 있는 것이다.

그리고 허무가 머리를 쳐들 때는, 그 허무가 나직이 속삭이는 목소리를 듣게 된다. 지상의 저 집들은 다 허상이 그려놓은 한 폭의 그림일 뿐, 그러니 그림자 없는 본체 안으로의 귀가가 어디 있을법한 일이냐고, 그것은 고도의 환상이고 꿈이라고, 허상과 환상 사이에서 사람은 감각적으로 취할 수밖에 없고, 길에서의 배회는 어쩌면 인간이 짊어진 숙명이 아니겠느냐는 속삭임 말이다.

내가 서울의 어느 성당 안에 잠시 머물러 있던 그 해 초 여름날 밤이었다. 장미넝쿨이 무리지어 담장을 타고 달빛마당에서 수줍게 향내를 내뿜고 있었다. 거리에서 북적대던 사람들도 다 제 집으로 돌아가 하루치의 고단함을 침상에 누이고 꿈

속으로 잠적한 시각, 사방은 비로소 고요해졌다. 고요와 달빛
이 씨줄날줄로 짜낸 달빛비단이 커튼처럼 창에 걸리고, 이 부
드러움에 취해 나는 자정이 넘도록 방의 불을 끄지 못하고 있
었다. 이때다. 갑자기 현관문의 벨소리가 요란히 울렸다. 이
야심한 밤에 웬 방문객? 나는 당황하고 놀란 나머지 한참 만
에 더듬대며 누 누구세요? 라고 물었다. "사람이에요" 그쪽 응
답이 그랬다. 즉각 이쪽에서 "웬 사람?"이냐고 소리칠 번했다.
그런데, 문밖의 사람이 여자이고, 그 여자의 목소리에 힘없고
지친 기색이 감지되어 왔으므로 경계심이 다소 풀리는 것이
었다. 그럼에도 위험은 상존해 있었다. 그때 나는 혼자였다.
주춤거릴 수밖에 없었다. 문을 여느냐, 마느냐의 문제로 이토
록 순간적 고민을 해본적은 일찍이 없었다. 모든 결단의 순간
은 혼자만의 영역이고, 또 결단은 모험을 동반한다. 나는 결
국, 모험을 하는 쪽으로 마음을 굳혔다. 나는 마침내 문을 열
어주었다.

어둠 속에 서 있는 사람은 흉기를 든 도둑, 짜고 범죄를 결
행하기 위한 작당이 아니었다. 목소리 그대로 지칠 대로 지친
한 아가씨가 여리고도 단아한 모습으로 문밖에 서 있었다. 나
는 그제야 안심이 되어 아가씨의 얼굴을 찬찬히 쳐다보았다.

어여쁜 얼굴이었다. 그런데, 눈에는 눈물이 가득 고여 있었다. 그녀는 눈물을 훔치지 않은 채 말했다. 자신의 결례를 용서해 달라고, 이 절제되지 않는 눈물도 함께 용서해 달라고, 나는 아무 말도 못하고 그녀의 손을 잡았을 뿐이다. 그리고 나는 눈으로 말했다. 울라고, 마음 놓고 울어도 좋다고.

까닭모를 그녀의 슬픔이 내게로 건너오고 나의 침묵 속 비애 한 가닥이 그녀에게로 건너가고, 애고哀苦의 교감 안에서 그녀와 내가 마주보고 있는 동안, 우리 두 사람의 간격은 이미 좁혀져 있었다. 나는 그녀의 눈물과 하늘의 별이 함께 반짝이는 걸 번갈아 바라보았다. 그녀는 눈물을 추스르고 난 다음 말을 이었다. 하루 종일 거리를 헤매고 다녔노라고, 저녁이 되고 골목 안, 창마다 불이 켜지고, 그 창으로 어느 집 주방의 그릇 달그락거리는 소리 들려나오고, 밥 짓는 내음도 구수히 풍겨 나오는데, 자신은 마치 아늑한 저 창 안의 세계로부터 쫓겨난 사람이 되어 밤길을 헤맸노라고, 밤도 깊어 집집의 창에 불이 꺼져 천지가 더욱 캄캄해올 때, 마음을 이대로 암흑으로는 차마 닫을 수 없어 파도치는 바다에서 등대 하나를 찾는 심정으로 자신도 모르게 여기 성당까지 오게 되었노라고, 그래서 두려움을 물리고 용기를 내어 무례하게 불 켜져 있는 이 창문을 두들겼노라고, 그녀는 대강 이렇게 말했던 것 같다. 나는 그녀에게 당면한 고통의 내용을 묻지 않았다. 그녀에게 아무것도 묻지 않았다. 아니, 물을 수 없었다. 젊은 날의 내가 역류하는 어느 시간의 옆구리를 트고 불쑥 튀어나와 그 아가씨 앞에 서 있었기 때문이다. 하늘의 별조차도 보고 싶지 않았던 그런 시절 하나 갑자기 튕겨 나와 그녀의 눈물 속에서 어룽거리고 있었기 때문이다. 나는 그녀의 어깨에 가만히 손을 얹고 응대했다. 동류의 사람들끼리 오늘밤 잘 만났다고. 그러자, 그녀는 안도의 자세로 감사를 표시했다. 생면부지生面不知의 사람에게 문을 열어준 것, 그것은 역으로 자신 안에 닫힌 문 하나가 열릴 수도 있다는 희망을 갖게 해줬다고 그녀는 말했다. 나도 내친 김에 그녀의 얼굴을 들여다보며 이렇게 말했다. "창 안의 불빛이라고 다 따뜻한 것만이 아니지요. 고뇌의 불빛인들 왜 없겠어요. 잡다한 염려나 불화, 고독, 좌절 등이 시퍼렇게 불을 켠 그런 불빛일 수도 있지 않겠어요. 밤이면 제각각 섬으로 돌아앉는 어둠이 있기에 사람들은 창 안에다 등불을 달기 시작했을지도 모르죠. 피상과 이면은 이렇듯 다른 풍경일 수 있으므로 우리 안으로 들어가 새벽을 함께 맞는 게 어떨

까요?"

　아침이 밝아오자 그녀는 일어나 의정부에 있는 그녀 집으로 돌아갔고 나는 그녀를 보냈다. 6개월쯤 지났을까. 외출해서 돌아와 보니 꽃다발이 하나 와 있었다. 순간, 나는 직감했다. 그녀가 다녀갔다는 것을.

　"삶에 대한 감사를 느끼고 있습니다. 돌아갈 곳의 마지막 귀의처를 신神에게 두었습니다. 그러므로 따뜻한 마음 하나로 사람에게 거듭 돌아가고자 합니다. 나는 결코 국외자가 아니기 때문입니다. 나를 추방시킨 것은 인간의 마을이 아니고 바로 나 자신이었습니다. 이러한 제 마음을 꽃다발에 얹어 보냅니다." 꽃다발과 함께 보내온 쪽지의 내용이다. 이 꽃다발이야말로 내가 받아본 꽃들 중에서 단연 기념비적인 것이었다. 그리고 내 기억 속에서 언제까지나 시들 줄 모르는 꽃다발이기도 하다. 그녀에게서 꽃핀 그날의 꽃떨기가 그녀의 삶 안에서 시들지 않았기를 나는 간원했다. 어둠에서 일어선 존재의 꽃이야말로 이 세상에서 가장 아름다운 꽃이기에 나는 그녀의 꽃다발을 잊지 못하는 것이다.

『정신과표현』 2004년 9, 10월호

해 뜨는 아침

길을 잃다

나는 수집에는 도무지 소질이 없다. 하기야, 소지품조차 잘 간수를 못해 머무는 곳에 물건 하나씩을 놓고 나오는 형편이니 수집 운운할 자격도 못된다. 지갑에서부터 안경이나 장갑에 이르기까지 소지품 분실에 이력이 붙었다. 그러다보니, 주민등록증, 신용카드 등의 수난이 자심해지고 재발급을 받을 때마다 어느 쓰레기통에 잠겨 있을지 모를 이름 석 자에 대해 스스로 민망해질 때가 한두 번이 아니다.

사실, 수집과 분실에 있어, 그 의미의 상반성이 실재 부와 빈곤의 상반성으로까지 확대되는 잠재적 문제성을 심리적으로 제공해 주기도 한다. 그러니까 수집에 소질이 없는 이들일 수록 자기 소지품을 곧잘 흘리고 다니기 마련인데, 이는 자기 소지품에 대한 애착이나 그 필요성에 대한 기억의 결여, 혹은 물질 소유에 대한 욕망의 쇠잔 상태에서 빚어지는 결과일 수도 있기 때문일 게다.

그러나 잃음 중에서도 '길 잃음' 쯤에 이르면 사정은 달라진다. 길을 잃게 되면 고생은 차치하고서라도 우선은 생존의 안위와 직결 되는 문제이고 보면, 길을 보행해 당도해야할 그 목적지의 상실이 얼마나 큰 비극을 초래하는 지는 불을 보듯 뻔한 노릇이기 때문이다.

1KBS TV 〈그 사람이 보고 싶다〉 프로에서 어린 시절 한 순간의 실수로 인한 길 잃음이 한 평생의 가혹한 운명이 되고만 이들을 보게 되는데, 불시에 가족을 잃고 혈혈단신으로 살아온 아픔이 극적인 가족상봉의 눈물로 이어지는 장면에서는 보는 이들의 눈시울마저 젖게 한다. 공간지각과 길, 예지豫知와 길, 지혜와 길이 면밀한 상호성을 지니고 있기에 동서남북조차 분간 못하는 어린 나이거나 정신연령이 낮은 상태에서 길을 잃는다는 것은 그래서 치명적이다.

사람들이 다닌 곳이 다져져 길이 된 길과 처음부터 있어왔던 길, 이 두 길이 있어 사람들은 가시적 세계와 불가시적 세계를 아우르며 살아왔고 지금도 살고 있는 것이리라. 가시적 길에는 지상의 여러 마을과 온갖 집들이 달려 있고 자연과 문명이 길을 사이에 두고 공존한다. 그러나 보이지 않는 길은 사람 바깥에 있지 않고 존재 안에 있는 내면화된 형이상학적인 길이어서 삶의 최소한의 윤리적 규범으로부터 양심의 명령을 넘어선 자아성화나 자기해방에 이르기까지, 길은 생명과 생명을 잇대고 거슬러 그 근원을 향해 나아가는 것이다.

또한 길은 새 길을 태생시키므로 이 시각에도 산을 뚫고 바다에까지 교량을 놓아 새 길을 닦는 공사가 한창이다. 이제, 산이나 강이 가로막혀 오가지 못하는 불통不通의 물리적 장애들은 거의 제거되었다. 섬마저 더 이상 섬일 수 없는 까닭인즉, 뭍이 뭍으로 변하게 한 '길' 때문인데, 이 또한 시사한 바가 크다. 물리적 장애를 극복한, 나아가서는 시공을 단축시키고 오늘의 세계를 세계화의 생활권으로 통합시킨 길은 문명가속화의 근간이 되어왔다. 뿐만 아니라 실상과 가상을 버무리는 길이 기계 속에서 실시간으로 거미줄(web)을 치고 사람들로 하여금 www의 엔터 키 하나로 시공을 초월하는 여행자가 되도록 하는 데까지 왔다. 세계로 드넓게 뻗은 기계속의 길에서 사람들은 이 순간도 정보관광과 교류를 즐기며 동시에 그 유익을 공유한다.

이제, 길은 길의 고전적 수단인 보행을 제쳐두고 빛나는 날개를 달게 되었다. 길은 비상하기 위한 길인 것이다. 지상의 길에서 우주를 향해 길을 내는 고공의 길, 즉 수평에서 수직으로 일어서는 길의 '일어섬'과 길의 '비상'이 우리의 눈높이와 지평을 우주로까지 넓혀 주는 가슴 설레는 경지에까지 온 것이다.

문제는 내 안에 깃들어 있는 삶의 길인 것이다. 내 안팎의 길은 상호적이지만, 이미 균형은 깨졌고, 하여 과학기술의 혁신에 의한 길의 변화 속도와 억비례로 뒷걸음지는 번혁 없는 존재의 길, 이 양자 사이의 간격이 확대일로로 벌어져가고 있다. 이는 어느 종교의 목소리로도 회춘시키기 어려운 인간 길의 난제가 복합적으로 얽혀 있기 때문이리라. 그러므로 표의表意 글자인 도道는 그 형상의 의미를 많이 잃어버렸고, 표의가 사라진 자리에 소리만 남아서 덜렁 ㄴ 받침 위에 올라앉은 모양세가 되었다. 힘의 원천으로 진화해온 ㄴ위의 도는, 그러므로 일직이 위대한 자본주의를 건설하고 확장시킨 총아로서, 그 자체가 오늘날의 '길'이 되어 가고 있지 않는가. 호모사피엔스 부족을 지켜주는 문명화된 마을의 토템이며, 길 자체인 이 도道의 변천사에서 우리는 도무지 자유롭지 못하다. 그런데, 이 자유롭지 못한 길에 대해 사람들 앞에서 뭘 좀 감히 말해보겠노라고 작정한 게 사단이라면 사단 이었을 터이다. 나는 실재로 엉뚱한 곳에서 길을 잃고 말았다.

　그날은 참 평화로웠고 날씨도 부드러웠다. 나는 집에서 일찍 출발했다. 초행길이었으므로 충분한 여유를 남겨두고 목적지에 도착하려 한 것이다. 천주교 역삼동교회에 사순절 특강이 있어서이다. 2호선 역삼전철역에서 내려 지하에서 지상으로 올라온 나는 문득, 지하계단을 뒤돌아보았다. 캄캄한 어머니의 태내에서 횅하니 뚫린 바깥세상으로 밀려나왔다가 다시 지하로 들어가 묻힐, 태胎, 그리고 무덤 같은 지하세계를 갑자기 생소한 느낌으로 뒤돌아본 것이다.
　나는 손목시계를 들여다보고 충분한 여유를 확인했다. 시작시간인 8시까지는 아직 한 시간이나 남은 저녁 7시였다. 본당 사무장이 일러 준대로 나는 역삼동 큰길로 들어섰다. 대로변에 치솟은 빌딩숲에 일제히 지상의 별빛 같은 불빛이 켜지고 있었다. 8차선 거리를 가득 메운, 서로 상반된 방향으로 향한 승용차들이 우리 시대의 반목하는 양극 방향을 암시하듯 두 눈에 벌겋게 불을 켜고 달리고, 인도에는 어찌된 일인지 사람이 보이지 않았다. 자동차 소음과 현란한 불빛으로 인한 소란함에도 불구하고 이 거리에는 묘한 정적이 깔려 있어 왠지 나를 불안하게 했다. 그래도 나는 한참을 더 갔다. 그런데, 내가 찾는 그 곳이 보이지 않는 것이다.

이때에야, 비로소 내가 방향을 잘못 잡았음을 알게 되었다. 그러자, 조급함과 불안감이 고조되고 가슴이 마구 요동치기 시작했다.

나는 우선 공중전화부스를 찾았다. 그런데, 글쎄, 그 부근에서는 공중전화부스조차도 찾아볼 수 없는, 지금 생각하면, 미래형 선진 블록이었던 셈. 그러니, 전화조차 할 수 없는 상태에서 시간은 달음박질로 달려가고, 이제는 시간의 여유가 지각으로 역전되어가는 판에 길을 물을 사람조차 없는 이상한 (?) 길에서 우왕좌왕하다 보니 시야에 갑자기 안개가 서리고 '세올' 같이 뿌연 연막에 가린 이 길이 이승의 길인지, 연옥의

길인지 도무지 분간이 안 되고, 아무튼 사람 있는 곳을 향해
골목으로 꺾어 들어와 무작정 포장마차의 천막을 들추고 눈알
이 벌건 취객들을 향해 길을 묻고, 취객들 혀 꼬부라진 소리로
모른다 하고, 한쪽에서는 여기가 어딘 줄 알고 하필이면 이곳
에 와서 길을 묻느냐고 시비를 걸고, 겁이 달아난 나는 주인에
게로 다가가 전화요금을 따따블로 주겠노라 하여 전화를 겨우
걸고, 차가 나갈 테니 x앞으로 나와 있으라는 역삼동 성당 교
육 분과 위원장의 구원의 말이 들려오고, 그러나 x마저 끝내
미지수로 남아 알 수 없는 미지의 장소가 되고, 이 대책 없는
상황에서 만난 게 경찰의 순찰차였겠다. "길을 잃고 헤매는 제
딱한 사정을 헤아려 저를 좀 목적지로 데려다 주세요" 불문곡
절하고 떨리는 목소리로 사정부터 했겠다. 그러나 정신이 반
쯤 나간 웬 여자가 잔뜩 흥분된 상태로 뜬금없는 소리를 해대
는지라. 응당 돌아오는 응답은 거절이었다. "여보세요. 임무
를 띠고 순찰중인 이 차를 개인 용도로 사용하지 못한다는 걸
모르세요?" 라며 질책까지 가하는 것이었다. 나는 그 순간 정
신이 퍼뜩 들었다. 그리고 경찰은 '민중의 지팡이' 라는 말이
갑자기 입안을 맴돌다 입 밖으로 흘러나왔다. 침착하게, 조리
있게, 경찰관의 마음을 움직여야 한다는 의지와는 달리 불쑥,

밑도 끝도 없이 다급한 목소리, 어눌한 말투로 겨우 한다는 말이, "지지팡이, 지팡이에요, 민중의 지팡이라구요!"

내가 아는 경찰은 민중을 위한, 민중의 지팡이라는 말마디조차 제대로 말 연결이 안 되어 민중의 지팡이만 연거푸 되뇌고 있는데, 웬 조화일까! 경찰관의 자세가 달라진 것이다. 친절하게 나를 승차시켜주었던 것이다. 그 '지팡이' 때문에 지팡이에 의지해 연옥 같은 암흑의 길을 벗어난 사실이 내게는 잊을 수 없는 '구원사건'이 되어주었다. 신축중인 성당의 임시 건물을 경찰관마저 잘 알지 못해 이 골목 저 골목을 뒤지며 찾는 노고를 아끼지 않았다. 결국 목적지에 데려다 주기까지 경찰은 지팡이 역을 성실히 해준 것이다.

그런데, 그 동안 기다리다 긱정이 돼 싱당 마당으로 나와 있던 몇몇 본당 임원들과 교우들이 놀라 기겁할 뻔 했으니 그도 그럴 것이, 벌겋게 비상등을 켜고 비상 사이렌을 요란하게 울리며 예고도 없이 경찰 순찰차가 불쑥 들이닥쳤기 때문이다. 후문에 의하면, 기다리는 동안 불길한 생각들이 스쳐갔다는 것, 부근에서 전화를 건 강사가 아직도 도착하지 않은 걸로 미루어 우왕좌왕하다가 사고를 당했다? 혹여, 다른 어떤 건수에 걸렸다? 이런 저런 불안한 걱정이 오가던 차에 뜬금없이 경찰차가 돌입해 왔으므로 그 상황이 비상사태로 여겨졌다는 것이다. 그런 연유였을까. 실수를 저지른 쪽이 되래 환영과 위로를 받는 웃지 못 할 이상한 상황이 벌어졌다. 멀쩡한 몸으로 내가 무사히 차에서 나오자 오히려 안도의 마음을 전하며 박수를 쳐주는 게 아닌가.

비상등이 돌아가는 비상 차에 올라 비상한 방법으로 도착한 이 비상한 넌센스는 오래오래 내 기억의 비망록에 남겨져 있는 것이다. 비상시일수록 상황을 헤쳐 나갈 비상한 기지를 발휘하라는 교훈과 함께 말이다. 그리고 이 일이 또한 잊혀 지지 않는 까닭은 30분이나 지연된 사태에도 불구하고 누구 한 사람 불만을 토로하지 아니하고 한결같이 따뜻이 맞이해준 그 너그러운 이해심과 온유함 때문이다. 숨차게 단상에 오른 나에게 물을 권하며 천천히 숨을 고른 후에 시작하라고 따뜻한 배려를 아끼지 않았던 것이다. 그 순간 혼이 나가고 입안이 바싹바싹 마르도록 초긴장 상태에서의 불안, 초조가 어느새 눈 녹듯이 녹고 그분들의 위무에 힘입어 나는 안정된 상태에서 임무를 마치고 귀가하게 되었다. 이해와 관용, 그리고 온유는 어디에서나 부드럽고 따스해 그 상대를 감동케 한다. 그분들의 인내와 배려의 추억이 아직도 마음을 훈훈하게 지펴준다.

　길을 물어 길을 가는 길에서 사전 준비부족으로 길을 잃은 그날이 내게 길에 대한 자숙을 남겼으나, 길을 안내해준 '민중의 지팡이'에 대한 고마움도 잊지 않고 있다. 그런데, 어찌해 이 사건이 기억 속에서 갑자기 튀어나와 오늘은 안녕하냐고 묻고 있는 것일까.

겨울날의 참빗

가을이 깊었다. 깊어진다는 것, 그것은 내면의 우물에 두레박을 아래로, 아래로 내려서 숨은 제 모습을 길어 올리는 일, 제 겉모습을 뒤집어 속을 조금 보여주는 일, 그리고 변신變身을 향한 문을 여는 일. 그러므로 깊어진다는 것은 변화한다는 것이다. 한 그루 장미나무가 햇빛과 바람, 빗물과의 사랑이 깊어질 때 그 절정의 내부를 뒤집어 놓은 아름다운 변신, 우리는 그것을 장미꽃이라고 부른다. 그러나 꽃은 또 꽃대로 눈물 쪽으로 깊어져서 시들고, 시들어버린 꽃이 가을에 열매를 들고 걸어 나오는 또 한 번의 위대한 변신을 만나게 된다. 그러나 묻지 말아야 한다. 깊어지는 사랑이 왜 눈물 쪽으로 기우는지를, 사랑이 어찌해 죽음의 미학을 운명처럼 지니고 있어야 하는지를. 먹히기 위한 사랑의 열매에 대해, 신생을 향해 죽음을 통과하는 사랑의 질서에 대해 우리는 묻지 말아야 한다.

깊어가는 가을은 산 빛, 물빛, 하늘빛을 바꿔놓았다. 획득과 쟁취가 아닌 비움과 가난으로 세상의 산야를 바꿔놓은 만추의 고요한 혁명 앞에서 나는 묵은 아집을 치장한 내 눅눅한 옷가지들을 빨래 줄에 널어놓고 갑자기 겨울초입의 한기를 느낀다. 그러나 황금벌판과 빈 들녘 사이에서, 그 풍요와 비움 사이에서 어떤 이는 가을의 이데올로기를 읽어내고 소리 없이 가을의 뒤를 따라나서기도 한다. 매인 줄에서 떨어져 나온 이파리 한 닢이 아주 가벼이 고향집에 닿듯이 물위로 낙하해 어릿어릿 떠내려가는 풍경을 저무는 가을 닐 나는 이곳 용추 계곡에 와서 본다. 쓸쓸하고도 유려한 빛깔을 수의壽衣처럼 두른 죽은 이파리의 길 떠남, 물에 이미 젖었으나 물밑으로는 가라앉지 않고 한사코 수면에 떠서 가벼움의 위력을 드러내며 물길 따라가는 그 흐름이 예사로워 보이지 않는다. 그러나 날이 저물고 있었다. 추락한 것들을 떠안고 만추의 한복판을 가로질러 흐르는 그 물길을 미처 따라가지 못한 내 눈에 어둠이 점

액질인양 끈끈하게 들러붙는다.

　무릇, 생명의 생물학적 시원이 물이라면, 마지막 자아소멸과 개체해체의 상징성도 물에서 발견하게 된다. 그런데, 여리고 부드러운 것이 강함을, 단단하고 강해보이는 것이 오히려 물리적인 힘 앞에서 약함을 드러내고 마는, 그런 힘의 역설을 우리는 물에서 본다. 그것은 높은 곳으로는 흐를 줄 모르는 물의 온유가 지니고 있는 힘이며, 그 어떠한 무쇠나 강철보다도 더 강력한 부드러움의 힘이기도 한 것이다. '칼로 물 베기'가 가당치 않는 것처럼 물은 철저히 칼을 배제한다. 분리가 아닌 통합의 특성, 배타가 아닌 수용의, 오염이 아닌 정화의 기능은 물이 칼을 녹슬게 하는 이유이며, 물의 사원, 그 안의 지성소가 지상의 온갖 분쟁을 향해 평화의 등불을 밝혀드는 연유이다.

　조락인 동시에 귀환을 알리는 낙엽 한 닢의 입수入水, 그 수류水流의 풍경이 오히려 평화스러워 보이는 까닭도 이에 기인하는 것이리라. 그러나 물의 평화 이면에는 물의 깊이와 넘침에서 오는 무서운 파괴력이 숨어 있음을 간과하지 않는다. 생성과 파괴라는 상반된 운동성이 물이 지닌 속성이지만, 이 생명과 죽음이 시공을 넘어 합일돼 있는 상징의 처소를 또한 물에서 보는 것이다.

물 이편, 땅 위에는 온갖 구별과 차별로 그어진 땅 금이 어지럽다. 사람이 사람, 자연, 사물과의 관계에 있어 당면하는 소통의 난제는 개체 안에 갇힌 존재의 결핍, 그 한계성의 산물일 터이다. 개체로 분리된 살아 있는 형체 안에는 개체의 이기적 아집으로 굳어져버린 고체성이 나름대로 들앉아 있기 마련이다. 이 고체성의 증폭은 자신과의 불화, 타자와의 벽을 고착화시킨다. 물의 은유가 한층 빛나는 이유가 여기에 있다. 그러기에 타자를 차별 없이 수용하면서도 자신을 내어주어 온갖 형태와 형식을 불문하고, 어느 그릇에도 기꺼이 담겨 그 내용을 충만케 하는 물의 이중의 수용성은 아름납다. 자신의 틀만을 고수하여 안팎의 흐름을 어렵게 하는 견고성은 고립성의 또 다른 얼굴일 것이다. 고체성과 액체성 사이에는 그러므로 어떤 형태로든 죽음이 개입된다. 분리에서 통합으로 모여든 물이 이 가을날의 노을 한 자락 덮고 지금 바다를 향해 내 눈앞을 흘러가고 있다. 죽은 나뭇잎을 안고 돌돌거리며 흘러가고 있다. 그런데, 내 걸음을 앞질러 흘러간 나뭇잎은 내 시야에서 벌써 사라지고 없다.

이제, 깊어진 가을이 제 모습을 비워 영하零下의 고행 쪽으
로 문을 열고 가을 단풍 길에서 돌아온 사람들은 겨울나기 차
비를 서두른다. 그리고 어떤 이는 기억 속에 저장된 생의 파일
을 펼쳐들고 지나온 겨울들이 남겨놓은 문신을 한 번 더 제 몸
을 뒤져 찾고 있을 것이다. 유난히 눈이 많이 내리던 그 겨울
의 설경과 설경 속에 남겨놓은 사람과 밤하늘의 차고 영롱한
별들에 얽힌 사랑과 또 긴 그림자만 홀로 일렁이게 하던 겨울
밤의 한없이 쓸쓸한 가로등과…
이 아련한 것들의 행방을 물으며, 지금 잠들지 못한 누군가
는 깊은 밤을 틈타 생이 거처 온 겨울 쪽으로 난 쪽문 하나를
열고 있을 것이다.

겨울의 옛집, 예고도 없이 까마귀 떼 몰려와 장독대를 맴도
는, 그 검은빛의 비상이 눈부신 날이면, 괜스레 가슴에 난 구
멍으로 시린 바람이 내려앉곤 했다. 그리고 낮은 담장 건너 전
신주에 걸린 가오리연이 부옇게 먼지를 뒤집어쓴 채 바람에
찢겨 조각난 희망처럼 나풀거리던 동토凍土엔 겹구름이 낮게

내려앉기도 했다.

　자연과 사람, 안과 밖이 가까이 소통되는 한옥, 그 안팎을 창호지 한 장으로 경계한 안방에는 밤이면 윗목에 놓아둔 자리끼가 얼고, 밤새 분 밤바람에 잠 속 꿈이 흔들리고, 시린 얼굴로 눈뜨는 아침은 밖이 먼저 부산했다.

　우리 집 우물로 모여드는 동네 아낙들은 살을 에는 추위를 맨살에 걸치고 마치 첫 아침의 신선함을 길어 올리듯 아침 물을 길어 나르고, 고모는 출렁이는 요강을 들고 나와 오줌을 오줌독에 붓고, 솔가지 타는 연기 새어나오는 정지(부엌)에서는 밥 익는 고소한 내음도 함께 풍겨 나오고, 지금은 그리움으로 되돌아보게 되는 정겨운 풍경들이지만, 그때는 아침부터 춥고 헛헛해 마음마저 꽁꽁 얼게 하는 결빙의 겨울이기도 했다.

　삶의 의미를 끈질기게 뒤흔드는 정체 모를 매운바람과 비수처럼 살을 베는 혹독한 추위로 안과 밖이 얼어붙은 결빙의 세계는 완곡했다. 그러나 어머니의 동토에서 빛나는 얼음기둥은 빛을 받아 안아 언제나 물이 되어 흘렀다. 이때는 어머니의 머리 매무세가 단정해 보였다. 어머니가 바람 앞에서도 참빗을 들고 머리를 빗는 모습은 아름답기까지 했다.

할머니의 버선발 끝에서 고단한 길을 풀어내려 참빗질하는 어머니의 머리 숲에서는 동백꽃이 떨군 동백기름 몇 방울은 남아 자르르 머리 결에 윤기가 번져났다. 달빛 붐비는 댓돌에 호젓이 놓인 어머니의 고무신 한 켤레, 소슬한 바람이 낙엽 두어 닢을 댓돌에 떨구는 밤이면, 어머니는 쪽을 풀고 흑요석 같은 머리단을 길게 빗어내려 젖은 눈길로 어린 우리를 애틋이 쓰다듬어 주시곤 했다. 낭군 떠난 자리가 하도 깊고 넓어서 거기 휑한 바람이 회오리치고, 허망하다 사는 것이 죽는 것이 허망하다고 핏빛 노을 비낀 서쪽에서 머리카락을 헝클이며 송곳바람이 달려들 때에도 어머니는 그 바람 얼레빗살 사이로 흘리고는 돌아앉아 단정하게 참빗질을 하시곤 했다

그리고 그 결빙의 한 시절, 집 앞 옥천냇물의 깡깡한 얼음장을 깨고 고난의 땟자국 더께 앉은 빨래를 맨손으로 빨아내어 풀을 멕이고 다듬이질하는 어머니의 방망이 소리를 듣는 날이면, 왠지 가슴이 두근거리기도 했지만 꿈속에서는 그 소리 음표를 달고 나비처럼 날아올라 음악으로 익어갔는데, 아침에 눈떠보면 구김살 없이 반질반질해진 옥양목 홑청을 씌운 이불이 장속에 가지런히 놓여 있었다.

가끔 어머니가 양지 바른 툇마루로 나와 빗질을 할 때에는

그 촘촘한 참빗살로 얼른 엷은 겨울햇발을 끌어당겨 한 올 한
올 머리 올에 얹고 칙칙한 세월의 긴 타래를 옥비녀로 환하게
틀어 올리곤 했는데, 그때마다 어머니의 낭자머리가 더없이
고와 보였다

그러나 나는 어머니의 참빗은 물려받지 않으리라 다짐했다.
나는 겨울을 동면으로 건너 뛰거나 아니면 아예 동토를 도망
나오는 쪽을 택하리라고 단단히 벼르곤 했다. 결국, 나는 어머
니 곁을 떠나왔고, 어머니의 참빗은 잃어버린 옛 시절의 분실
물이 되고 말았다. 잘려나간 내 커트 머리는 바람 없는 거울
속에서도 꼬불꼬불 어제를 꼬불치고 오늘을 헝클이며 뻗쳐 일
어섰다.

그러던 어느 해 세모에 바람 잘날 없다는 뚝방 마을에서 여
태도 참빗질로 곱게 머리를 쪽진 여인 한 분을 만났다. 우리
몇 사람은 병고와 추위에 떨고 있는 그녀를 위해 무엇을 할 수
있을까를 궁리하며 그녀의 집을 방문했던 것이다. 그녀의 병
은 깊어 있었고 그만큼 방 안도 어두웠다. 민망해진 우리는 할
말을 잃었다. 그러나 우리는 잘못 짚었다. 그녀가 웃고 있었던
것이다. 가식 없이, 환하게 웃고 있었던 것이다. 평화가 베어

나오는 그런 싱그러운 미소를 우리는 그녀에게서 발견하고 흠
칫 놀랐다. 마치 살아 있는 마돈나의 신비스런 미소를 보고 있
는 것 같았다. 그녀의 머리맡에는 참빗 하나가 놓여 있었다.
헝클어진 머릿결에 달라붙은 병고를, 고독을, 그 절망을 얼마
나 촘촘하게 빗어 올렸으면 저토록 얼굴모습이 단정할까? 라
고 우리는 서로 눈으로 묻고 있었다. 그녀는 말했다. 지금 처
한 상황에 대해 신께 감사한다고, 생애 중 한 번도 누려보지
못한 평화를 지금 누리고 있다고,

상식으로는 도무지 이해가 안 되는 말을 그녀는 하고 있
었다. 그러나 그 말은 곧 그녀의 마음이었던 것이다. 모진 고
통의 상황에 당면할지라도 문제는 상황이 아니고 그 상황에
대처하는 마음의 상태라는 것을 말이 아닌 마음으로 전해주고
있었기 때문이었다. 알고 보니 그녀는 누워 있으면서도 많은
일을 해내고 있었다. 그녀의 미소에 힘을 얻는 사람들이 생겨
나면서 그녀를 만나러 사람들이 찾아왔다. 그들은 물처럼 유
연한 그녀의 포용력에 기대어 위안을 얻고, 새 의욕을 충전 받
았다. 고난을 둘러쓰고 누워 있는 그녀에게서 초라한 남루가
아닌, 겸손과 자유를 읽어내고 돌아갔다. 조락한 자리에서 그

녀는 변화되어 일어났던 것이다. 그녀의 고통은 날마다 갇힌
자와 무너지고 부서진 이들을 위해 봉헌되었다. 그녀의 겨울
은 혹독했으나 그녀의 영혼은 순결했다.

결핍된 상황으로부터 자유롭지 못할 때마다 나는 그녀의 물
머금은 미소를 떠올린다. 돌연히 들이덮친 돌풍으로 마구 형
클어진 삶의 타래를 가닥가닥 빗어 올린 그녀의 참빗질, 그리
고 그 생애의 빙하기에 피워낸 미소는 내가 본 미소 중에 가장
아름다운 미소로 내 마음에 남아 있기 때문이다. 그래서일까?
오늘은 참빗질하시던 어머니가 보고 싶다.

『정신과표현』 2004년 11, 12월호

해 뜨는 아침

잃어버린 꽃병

하얀 꽃병 하나가 우리 집에 와 있었다. 병목이 긴 일본산 꽃병이었는데 얼핏 보아도 고상한 품격을 지닌 도자기 꽃병이었다. '얼핏'이란 말을 한 것은 그 꽃병을 제대로 관심 있게 바라본 적이 없었다는 얘기다. 말하자면 눈 밖에 놓여 진 무관심의 대상이었다.

가끔 꽃병이 생기를 얻는 때는 꽃을 꽂고 있을 때였다. 꽃의 향기에 싸인 그 단아한 아름다움에 눈길이 가기도 했지만, 그 때 뿐 꽃 피는 시절이 가고나면 다시 눈 밖으로 밀려나 있곤 했다. 그러다가 꽃병이 아예 눈에 띄지 않게 되었다. 오랜 은 둔 끝에 꽃병이 결국 행방불명되어버린 것이다. 내가 꽃병을 알아보고 내 곁에 두고 싶은 마음이 간절해졌을 때는 이미 꽃병은 아주 눈 밖으로 사라져 버린 후였다. 아는 만큼 보인다는 걸 실감한 사례다.

무릇 사물에는 시간이 남겨놓은 자국들이 머물러 있을 터, 이 꽃병이라고 왜 사연이 없었겠는가.

그날은 가을비가 추적추적 내렸고, 비를 맞는 나무들이 조금 쓸쓸이 이파리들을 내려놓는 그런 오후였다. 비가 내리면 마음이 젖는 이들이 있어 추억의 창에 귤빛 불이 켜지고 그 창 아래서 빗소리 따라 긴 얘기를 누군가에게 사분사분 풀어놓기도 한다. 그래서일까. 할머니와 마주 앉은 호젓한 방에서 나는 모처럼 할머니의 긴 얘기를 들을 수 있었다.

우리 사이의 회억回憶의 중심에는 아버지가 있었다. 아버지가 그리워지는 날이면 우리의 아랫목 이야기 자리에 자주 아버지를 불러오곤 했다. 그날도 아버지에 대한 추억담이 오갔고, 그러다가 할머니는 심중 깊이 숨겨 놓은 비밀을 꺼내기라도 하듯이 갑자기 목소리를 낮추고 회상에 잠긴 표정으로 얘기를 풀어놓는 것이었다. 그 얘기 중심에 '꽃병'이 있었다. 이 스토리의 유일한 증거물이 바로 '꽃병'이었던 것이다. 할머니의 전언 스토리는 대략 이러했다.

그때는 일본강점기였고, 아버지는 작은 할아버지의 거주지인 일본 오사카에서 유학시절을 지냈다. 그 시절, 어느 날이었다. 학교에서 돌아와 보니 하숙방이 깨끗이 치워져 있었다. 그리고 책상 위엔 그 문제의 꽃병이 놓여 있었다는 것이다. 그 꽃병에는 색깔이 현란하지 않은 꽃이 수수하게 꽂혀 있었고, 꽃병 옆에는 양서 몇 권이 곁들여 있었다. 놀란 아버지가 급히 하숙주인에게 물었고 주인이 대답했다. 어느 여대생 같은 이가 다녀갔다고.

그 후로도 이런 일은 계속 되었다. 꽃이 시들 겨를이 없었다. 양서는 날로 쌓여갔다. 수업이 끝나자마자 바로 달려와도 그 선행의 주인공을 잡지 못했다. 아마 아버지의 수업일정표나 행동반경을 훤히 알고 있는 듯 했다. 그녀는 누구일까? 그녀에 대한 궁금증이 날로 고조되어 갔다. 바로 이때, 드디어 편지 한 통이 꽃병과 양서 사이에 놓여 있었다.

대학 캠퍼스에서 운명처럼 눈에 들어온 한 남자, 그러나 말 한마디 붙여보지 못한 남자에게 수줍게 마음을 열어 보인 그 편지는 그녀의 러브레터였던 것이다. 하숙방에서 발생한 이 일련의 상황전개로 청년은 호기심, 긴장, 놀람의 감정 단계를 거치면서 그 마술 같은 힘에 끌려들지 않았을까. 그러니, 핑크빛 편지를 앞에 두고 청년의 가슴이 한동안 설랬을 것이다.

마침내, 두 사람이 만났다. 그녀의 '꽃병'이 지닌 단아함처럼 그녀는 그렇게 순수하고 단아해 보였으나, 어딘지 모르게 슬픔이 깃들어 있는 듯 했다 한다. 알고 보니, 그녀는 지체 높은 일본의 귀족가문의 태생이었다. 그러나 어머니를 여의고 계모의 슬하에서 그늘진 소녀 시기기를 보냈다. 그러던 중 대학진학을 빌미로 도쿄 아버지의 집을 떠나 이모가 살고 있는 오사카로 옮겨온 것인데, 이는 어머니의 핏줄인 이모와 함께 지내기를 원한 그녀 마음의 반영인 셈이다. 이렇게 하여 오사카대학에서 수학하게 된 두 사람이 특별한 방식으로 만나게 된 것, 그러니 이 민남이 평단하지 못할 것임을 청년은 직감했다. 그때는 지금과는 달리 연애와 결혼의 분리가 용납되기 어려웠던 시절. 그러기에 그녀의 사랑이 절절하게 다가올수록 청년은 어두운 예감으로 두려워했으리라. '결혼'이 청년에게는 넘기 어려운 벽으로 다가온 까닭에 더욱 상심했으리라.

지배국가의 귀족 아가씨와 피지배국의 힘없는 청년, 이 불균형 관계도 문제지만, 1930년대 당시의 조선사회에서 '국제

결혼'은 수용이 어려웠던 난제였다. 그러나 무엇보다도 일본 며느리를 맞아들이는 데 대한 모친의 반대가 불을 보듯 자명하게 예상 된 바, 이 장애의 요소들이 극복불가의 벽으로만 느껴졌을 터이다. 아마 청년은 많이 고뇌했을 것이다. 고뇌의 결과로 얻어낸 결심을 그녀에게 전하기로 작심한 후로도 이를 결행하기까지 시간이 걸렸을 것이다. 그러나 청년은 끝내 작심한 바를 그녀에게 말하고 말았다. 우리는 연인이 될 수 없다고, 결혼은 불가하다고, 그러니 남매처럼 지내자고······

전언은 결연했고 경청의 표정은 비감했다. 비감한 중에도 그녀는 자기의지와 소망을 간곡히 드러냈다 한다. "조선으로 가서 조선말 배우고 조선옷 입고 조선음식 만들어 어머님을 극진히 봉양하겠습니다."

그러나 녹록치 않는 현실의 먹구름은 풍파를 몰아왔고, 이 연인들의 조각배는 난파위기로 말려들었다.

그로부터 얼마 후, 청년은 수업 중에 호출되어 영문도 모르고 어디론가 안내되었다. 그리고 깜작 놀랐다. 그곳은 어느 대 저택의 가든파티 장이었던 것이다. 그런데 행사 주빈 석에 놀랍게도 드레스 차림의 그녀가 있었고 안내자는 청년을 그녀

곁에 세웠다. 그녀 아버지로 직감되는 어른이 정중하게 청년을 맞이했다. 청년은 우선 그녀 아버지의 위엄에 압도당하고 정원에 모인 사람들과 그 향연 풍경에 위축되었다. 촌닭 성중에 잡아다 놓은 것처럼 어리둥절, 도무지 정신을 차릴 수 없었던 것이다. 그럼에도 이 향연에 자신이 들어와 있는 상황에 대해 알아야 했으므로 청년은 그녀에게 물었다. 이 파티에 왜 나를 초대했느냐고? 그러나 청년은 초대 손님이 아닌 그날의 주인공이었던 것. 그곳이 곧 약혼식의 자리었던 것이다.

그녀는 사랑의 난관을 극복하고자 했고, 그 방법에 있어 비상수법을 채택한 셈이다. 위험했다. 그러나 위험한 방법이 아니었다. 적어도 그녀의 분별이 그러했을 것이다. 그녀 아버지가 오사카에 방문해 청년을 만날 기회를 마련했을 때도 우연을 가장한 지혜를 동원했다. 그녀는 부진을 우연이 동일상소에서 만나게 된 친지로 소개해 자연스럽게 이야기를 나누게 한 것이다. 그리고 부친으로 하여금 청년의 생각과 소신, 삶의 지향에 대해 주로 묻도록 사전에 주선했던 것 같다. 그녀가 청년의 신상에 대해 부친에게 말했을 테고, 그러니, 당사자에게는 더 이상 묻지 말아달라고 간청했을 것이다. 이 부분이 민감한 사안인데, 사실대로 알려서는 안 되기에 그녀가 일이 성사

되는 쪽으로 변용 각색했음을 미루어 짐작하게 하는 대목
이다. 아무튼 어머니를 잃고 쓸쓸해하는 딸을 늘 안쓰러워하
던 부친은 딸의 청이라면 무엇이나 들어주는 그런 아버지였다
고 한다. 그러기에. 그녀가 그 아버지에게 결혼 승낙을 받아내
는 데는 별로 어려움이 없었을 것이다. 문제는 이 약혼의 당사
자인데, 그도 약혼식이라는 위력 앞에서, 더욱이 만장한 친척
친지들 앞에서 더는 어쩌지 못하리라는 판단 하에 도모된 거
사였으리라.

그러나 식이 시작되기 직전의 분위기는 심상치 않았다. 그
녀의 가족과 친지들의 웃음꽃은 정원의 꽃들 사이에서 환했으
나 막상 행복해야 할 두 당사자는 그녀의 용감하고도 무모한
모험의 덫에 걸려 함께 떨었다. 그 약혼식이 청년의 사전 동의
없이 이루지려 한다는 것을 두 당사자 외에는 아무도 알지 못
했으므로 그 긴박한 순간에 청년을 응시하는 그녀의 눈빛이
그만큼 애절하고 간절했을 것이다. 그 눈빛이 간곡히 말하고
있었을 것이다. 이 위기를 함께 넘자고, 함께 가기 위해 나로
서는 고통스러운 숙고 끝에 이 방법을 선택했다고, 정상적인
방법으론 약혼의 동의를 얻어내지 못하리라는 걸 잘 알기에
이런 비상책을 사용했노라고, 나는 당신의 사랑을 믿는 힘 하

나로 이 자리까지 왔다고, 그녀는 눈으로 말하고 침묵으로 소리쳤으리라.

청년에게 선택의 순간이 다가오고 있었다. 두렵고 슬픈 운명의 순간, 피하고 싶고 도망치고 싶은 그 무서운 순간을 맞고 있었다. 모친과 연인 사이에서 기진해 있는 자신을 일으켜 세워야 했다.

모친은 청년에게 평범한 어머니가 아니었다. 일남 이녀 중 맏이이고 외아들인 청년은 그 어머니의 유일한 보람이고 긍지였다. 애정의 분배가 남편보다 자녀 쪽으로 기운 사랑의 경사傾斜 만큼 자식에 대한 사랑, 그 중에도 맏이인 이 아들에 기운 사랑과 기대가 각별했다. 그러한 모친을 차마 저버릴 수는 없는 노릇이었다. 이에 반해 그녀는 좋은 소선과 배경을 지닌 진도유망한 아가씨다. 에로스의 사랑은 궁극적으로는 이별하기 위해 존재하는 것, 그러나 부모는 이별할 수 없는 존재이고 보면 결말은 이미 나 있는 거나 다름없었다.

청년은 흔들리는 자신을 겨우 가누고 덜덜 떨리는 목소리로 그녀 부친에게 말했다. "나는 조선인이고 고향의 부모님이 일본 며느리를 원하지 않으실게 분명합니다. 그러니, 이 약혼은 무리입니다." 그녀 부친의 얼굴이 이지러지고 그녀는 사색이 되었다. 분노한 부친이 딸에게 다그쳤다. 네 말과 이 청년의 말이 왜 이렇게 다르냐고. 그러나 즉시 상황을 감지한 부친이 쓰러질듯 한 딸을 부축하며 딸의 마음을 최대한 헤아리고자 했다. 평정을 되찾은 부친이 다시 너그러움을 베풀어 청년을 달랬다. "내가 자네를 세계적인 인물은 못 만들어줘도 국가적인 인물로는 키워주겠다. 그리고 부모님을 일본으로 초빙할 테니 이 약혼식을 거행하도록 하자." 그러나 이 회유의 제안은 나라 잃은 힘없는 한 젊은이의 마지막 자존의 불빛마저 사위어들게 했다. 청년은 그녀 가문의 조건에 탑승하기를 원치 않았다. 만일 성사가 순조로운 환경이었더라도 청년은 배경이 아닌 그녀 본인으로 족했을 것이다. 청년의 진심이 그러했다는 것이다. 하여 청년은 안간힘을 다해 가까스로 한 마디를 던졌다. "나는 조선인입니다."

이에 그녀 부친의 격노가 활화산처럼 폭발하고 말았다. "저 하찮은 조센징이 이 자리에 불려나온 것만으로도 분에 넘치거늘, 감히 내 앞에서, 그리고 친지들 앞에서 용납키 어려운 무례를 저질렀으니, 그 독선을 결코 용서할 수 없다." 그리고 창백하게 질려 있는 딸을 향해서 "너는 오늘 우리 가문의 영예를

더럽혔고 내 위신에 먹칠을 했다. 이후로는 너는 내 딸이 아니다." 그 부친은 언어의 칼을 빼어 들고 딸을 단호하게 내리쳤다. 축하의 자리로 마련된 장소가 한 순간에 충격의 소용돌이로 아수라장이 됐다. 그 한 순간의 전환은 무엇으로도 치유할 수 없는 무서운 비극을 몰고 왔다. 그녀는 그 길로 뛰쳐나갔고, 열차가 달려오는 오사카 철로에 몸을 던졌다. 죽는 길밖에 다른 길이 없었을 것이다. 사랑의 지독한 순정성이 죽음의 독배를 마시고 쓰러졌으나 행인지 불행인지 그 죽음조차 허용되지 않았다. 자살이 미수에 그친 것이다. 이 사실이 언론에 보도되고, 그녀 부친의 명예가 이번에는 사회적으로 실추되고 말았다. 유학생 젊은이들 사이에서는 이 사건이 비련의 러브스토리로 회자되기도 했다.

그녀는 도교의 집으로 붙들려가 감금당했고, 청년은 오사카 경찰서로 불려가 취조를 받았다. 취조의 내용은 대략 이러했다 한다. 그녀 부친이 제안한 과분한 조건을 거절할 만큼 '조선인'에 대한 자의식이 강한 배후에는 어떤 불순사상, 즉 조선독립사상에 물들지 않았느냐 라는 혐의이고, 그러기에 소기의 목적을 달성하려는 의도에서 의도적으로 그녀에게 접근했으리라는 의혹이었다. 또한 그녀로부터 그동안 경제적 도움을 받았는지에 대한 추궁이었다. 수사당국은 오사카에서 그녀와 동거한 그녀 이모를 통해 그녀의 근황에 대한 정보를 수집해 놓은 터였다. 이에 따르면, 그녀 어머니의 신주를 이모 집에 모셔놓고 매일 그 앞에서 정인情人의 평안과 복락을 간구했다는 것이다. 이로 미뤄 추론컨대 정인을 위한 정성이 지극한 그녀로서 어찌 경제적 도움을 주지 않았겠느냐는 것이다. 청년 집안의 경제사정을 알기 위해 조선으로 신상 조사를 의뢰할 방침까지 세웠다는 것이다.

그 무렵 고향집에 편지 한 통이 날아들었다. 순사가 조사를 나올지도 모르니 놀라지 말고 침착하게 대처하라는 내용이었다. 놀라지 말라는 말에 더 놀란 모친이 아들의 신변에 닥친 불상사를 예상하고 불안해했음은 말할 나위도 없다.

궁지에 몰린 청년은 그 마음이 더욱 지옥이었으리라. 자신의 처지도 처지지만, 그녀가 지금 어떤 상태에 놓여 있는지? 자신의 처신으로 그런 극단적인 사태가 벌어진데 대해 심히 아파했으리라. 그러나 그렇게밖에 할 수 없었던 자신의 현실 앞에서 홀로 울었으리라.

　이 캄캄한 어둠 속에 홀로 던져져 있을 때 곁에 다가와 준 이는 제자를 아끼는 일본인 교수였다. 힘내라 격려했고, 자책하지마라 타일러주었다. 그리고 팔을 걷어붙이고 제자를 도왔다. 그는 경찰에 친히 나와 청년의 혐의에 대한 왜곡과 부당성을 밝히고 진실을 보증해 주었다. 교수의 명예와 책임 하에 청년의 신분을 보장받은 당국이 그제서야 청년을 혐의에서 풀어주었다.

　그러나 그 이후로 청년은 그녀를 만나지 못했다. 그녀의 집은 철옹성이었으며 겹겹의 장막 속에 그녀는 죄인이 되어 갇혔다. 청년은 그녀를 만나보려고 염치불구하고 그녀 이모의 주선으로 그녀의 의붓어머니를 비밀히 만나 사정해 보았으나 허사였다. 이 자리에서 그녀의 상태를 전해들 수는 있었다.

　그녀의 방에는 자물쇠가 채워졌고, 분에 뚫린 구멍으로 끼니를 넣어준다는 것이다. 그러나 매번 식사를 거부하고 있어 정신도 몸도 부지하기 어려운 상태가 되어가고 있다고 전했다. 그리고 청년에게 편지할 것을 우려해 그녀 방에서 일체 필기도구를 치워버렸다고도 했다. 누구와의 면담도 일체 불가하니 그렇게 알라는 것이다.

　왜 그렇게 까지 유폐시키고 외부와 차단시키느냐고 청년이 항의했으나 돌아온 답은 뜻밖이었다. 사람을 만나게 되면, 청년과의 연결을 시도할 것이고 자살의 도구를 어떤 방법으로든 얻어낼 것이라는 게 요지였다.

조카의 상태를 전해 듣고 그녀의 이모는 흐느껴 울었다. 그리고 흐느끼며 말했다. 친엄마라면 부군의 명이 아무리 지엄하다 해도 저런 식으로는 방치해두지 않았으리라고. 거듭 흐느꼈다.

얼마 후 학업을 마치고 청년은 현해탄을 넘어 귀국했다. 귀국당시 다른 짐은 다 버리고 왔어도 버리지 못한, 아니 오히려 소중히 챙겨온 것이 있었으니 그것은 그녀가 맨 처음 청년의 책상 위에 갖다 놓은 흰 꽃병과 양서들이었다.

귀가 후 청년은 망연자실 먼 하늘만 바라보곤 했다. 아들이 모친 눈에는 아무래도 수상했다. 시름에 겨운 아들의 얼굴은 날로 여위어갔다.

그러던 어느 날, 모친이 아들에게 물었다. "너 무슨 안 좋은 일이라도 있는 거냐?" 아들은 망설였다. 한참 침묵 끝에 결국 자신의 슬픔을 어머니에게 털어 놓았다. 위의 사연을 절절이 전해들은 모친의 눈가가 젖어오기 시작했다. 그리고 눈물이 가득 고인 눈으로 아들을 바라보며 말했다.

"너 좋은 것이 나 좋은 것인 줄 몰랐더냐? 네가 좋다면 나도 좋지. 그 불쌍한 애를 데려오지 그랬느냐!"

이에 벼락 맞은 듯 놀란 쪽은 아들이었다.

"어머니가 이렇게 나오시리라고는 꿈도 꾸지 못했습니다. 단 한번이라도 이런 예상을 했던들, 제가 왜 그리했겠습니까! 그 여자는 지금 이 세상에 없는 사람이 되어 있을 겁니다."

청년은 그동안 꾹꾹 눌러놓았던 울음을 아기처럼 엄마 앞에서 터뜨리고 말았다. 모친도 따라 울었다.

Part 2

연두빛, 그 신생의 종소리

두 겹으로 출렁이는 육(肉)의 풍경

마음이 지칠 때 문득 아기의 눈망울, 아기의 고사리 손이 보고 싶어진다. 이 없는 잇몸으로 방싯거리는 아기의 입, 그 깨끗한 성소에서 흘러나오는 옹알이가 듣고 싶어진다. 맑은 영혼의 모음인 이기의 옹알이를 들으며 내 안에서 길피없이 떠도는 언어를 조금은 씻어내고 싶어지는 것이다. 오늘도 어린 눈들은 햇빛에서 무지개를 건져내고 공기의 요정들과 옹알옹알 옹알이를 주고받으며 무지개 위에 글자 없는 시를 남기고 있으리라. 그리고 시가 아기 안으로 들어와서 아기에게서 시가 꽃피는 나날은 선악을 넘어 아기들이 분별 이전의 세계를 살짝 거니는 때이리라.

그러니, 누군들 유년의 낙원이 그립지 않으랴! 유치가 나고 씹는 맛을 알고 나서부터는 무엇보다 입이 즐거웠으므로 그 즐거운 입에서는 달디 단 미소가 홍건이 고이곤 했었다. 그러므로 요즘처럼 입맛이 떨어질 때는 어린 날, 여름마당 평상에서 식구들과 함께 점심을 나누던 오붓한 순간이 아련히 떠오르는 것이다. 그때는 왜 그토록 입이 달던지 밥 한 그릇을 게 눈 감추듯 먹어치웠었다. 이를 보시고 어느 날은 할머니께서 물어오셨다. "아가! 밥이 나쁘냐?" 나는 대뜸 도리도리를 했다. 밥이 안 나쁘다고 힘주어 말했다. 맛있는 밥은 좋은 밥, 더 먹고 싶어지는 밥은 하늘만큼 좋은 밥. 그러니 밥이 나쁠 턱이 없었다. 밥이 좋다고 했으니 밥을 더 주시겠거니 은근히 기대하면서 숟가락을 놓지 못한 채 할머니를 빤히 올려다보았다. 그러나 할머니는 묵묵부답이셨다. 나는 끝내 밥 더 달라는 말을 입 밖에 내지 못한 채 눈물을 머금고(?) 밥상을 물러나야 했다. 이때의 이 어긋난 나의 우답愚答이야말로 가히 내 생애의 후회목록 제1호로 기억되기에 족했다.

행복한 어린 식욕이 원색의 의욕과 역동성을 불러내어 싱싱하게 출렁이게 하던 생명의 축제는 어디로 떠난 걸까. 이젠 눈과 입에서 즐거움이 사라져간다. 혀가 둔해진 것이다. 이 둔한 혀를 일깨우는 게 있다면 단맛보다는 오히려 쓴맛이다. 그러니 색깔 고운 자극성의 기호식품보다는 감칠맛과 뒷맛의 여운을 남기는 담백미淡白味를 선호하게 된다. 밥의 좋고 나쁘고의 재해석이 가능해진 나이에 이른 것이다. 밥을 둘러싸고 얽혀도는 힘의 문제, 밥과 힘에 따른 공동선의 문제는 언제나 인간과 사회의 본원적 과제이기도 해서 밥의 양이 항상 모자란 사람들의 '나쁜 밥'으로 인한 부당한 가난은 어느 사회건 해결해야 할 우선적 이슈로 부각되고 있는 것이다.

친구 몇 사람이 〈마포주물럭〉 집에 모였었다. 불판에 주물럭을 올려놓고 우리는 이 특별한 이름의 '주물럭'에 관심이 쏠렸던 깃 같다. 한 친구가 불쑥 옆자리 친구에게 짓궂게 물었다. "너의 집 사정은 어때? 주무르고 주물리는 주도권 말이야." 그러자 그 친구가 즉각 말을 받았다. "주무르기만 하면 재미없잖아! 주물릴 줄도 알아야지. 그래서 우린 아직도 서로를 길들이고 있는 중이거든" 이때 주석 달기를 좋아하는 친구가 나서서 곁가지를 접 부치는 것이었다. "그러니까 말이지, 주무르면서도 주물리기 위해서는 정신의 유연성과 살의 신축성이 관건일 텐데, 주무를 때는 달콤새콤 양념을 쳐서 주물러야 하고, 안 먹힐 정도로 주물리자면, 주무를 때보다 오히려 주물릴 때 비법이 필요 하겠고…… 그래, 너의 부부 사이엔 비법이 있긴 있는 거냐?" 불판에 고기가 거의 익어갔으므로 이번에는 정리파가 끼어들어 서둘러댔다. "어쨌든 세상은 주물럭 통속이니까 잘 주물러진 주물럭을 이 저녁 식탁에서 직접 혀로 맛보는 즐거움을 누리자고, 그리고 우리의 왕성한 식욕에 축배를 들기로 하지" 이렇게 하여 우리는 건배까지 하면서 주물럭을 맛있게 먹기 시작했다. 불판 위에서 지글지글 살코기가 타고 살코기 타는 내음이 더욱 식욕을 돋우는 와중에 한 친구가 손가락으로 창 넘어 노을을 가리켰던가! 그리고 들릴락 말락 웅얼거렸던가! "저것은 벽제 화장터에서 본 노을빛이야, 살이 타는 노을빛이야," 밥상머리에서 초치는 소리를 한 이 주책없는 장본인이 여러 번 퉁을 맞는 사이, 그럭저럭 주물럭 식사가 끝나고 우리는 헤어졌다. 돌아서 가는 친구들의 좁은 어깨가 왠지 쓸쓸해보였다.

노을도 벗어버린 빈 하늘에서는 어둑어둑 바람이 내려오고 있었다. 나는 바람 속에 서서 횡단보도의 신호등을 바라보았다. 저쪽으로 건너가기 위해서다. 저쪽이라니? 내 생애의 이쪽과 저쪽은 무엇이었던가. 난 또 어디로 건너가고자 하는가 말이다. 아니, 한 번쯤이라도 제대로 건너기는 했던가. 마음이 어지러워지고 있었다. 그때 파란 신호등이 급히 깜박거렸다. 나는 건너가지 못했다. 빨간 신호등이 확 켜졌다. 그런데 빨간빛이 예사롭지 않아보였다. 내가 방금 먹고 나온 주물럭이, 주물러지기 이전의 암소 한 마리가, 글쎄, 도살장으로 끌려가 도축되는 순간의 선혈, 선혈이 거기 벌겋게 고여 나에게 문득 정지 신호를 보내는 게 아닌가. 신호등이 교체되자 나는 무엇에 쫓기 듯 재빨리 횡단보도를 건너오고 말았다. 횡단보도 끝에 매달려 있는 집들, 결국, 가로질러 당도하는 곳이란 집밖에 없다는 듯이 나는 서둘러 집으로 돌아왔고, 난생 처음으로 먹는다는 행위에 대한 물음을 스스로에게 던졌나.

먹는 다는 것은 죽인다는 것이다! 라고 느낌표를 찍고 나서도 먹는 다는 것은 죽어가는 것이다. 라고 마침표를 찍어야 하나?

나는 이 느낌표와 마침표, 의문부호를 번갈아 바라보았다. 하여 지상의 쓰라린 삶의 근원 한 가닥이 '육肉'의 슬픈 풍경에 닿아 있음이 조금 보이기 시작한 것이다. '육肉을 지닌 생명체는 생명체를 먹어야 한다. 그러므로 생명체는 생명체를 죽여야 한다.' 이 비정한 유기체들의 생물학적 원리는 유전자들의 적자생존을 위한 전략에서 비롯된 것이리라. 『이기적 유전자』의 저자 리처드 도킨스가 지적한 대로 유전자들은 나름대로 자기보존과 자기영속화를 위해 탁월하게도 이기적 생존 방식을 선택했다. 자기복제에 성공한 유전자들은 물질의 대 집합체인 소우주적 육체를 형성하고 그 육체 안에서 자신의 개체를 활성화하며 지배한다. 그리고 정밀한 정보통합과 먹이섭취를 비롯한 명령의 질서, 그 실행을 위한 놀라운 유기적 프로그램을 작동하고 있는 것이다.

입 속에서 날마다 씹히는 음식물들, 그 음식물에 입력돼 있는 이중의 구조, 그것은 주검과 생장, 해체와 생성이라는 길항하는 반어들로 들끓는다. 하지만 생명유지에 있어 밥은 최우선 순위이므로, 적어도 유전자의 선택으로 육식생리를 지니게 된 동물에 있어서도 그들의 포식성에 대해 윤리적 선으로 재단할 수는 없는 것이다. 방금 전까지만 해도 펄펄 살아 뛰어다니던 사슴을 그 자리에서 찢어발겨 피 묻은 입으로 포식하는, 하여 생생하던 생이 한순간에 주검으로 화해 흔적 없이 먹혀

버리는 그 허망하고도 비참한 생태계의 먹이 고리를 향해 분
노하거나 삿대질을 해댈 수는 없는 노릇 아닌가 말이다. 그럴
지라도 이로 인해 발생되는 먹고 먹히는 생명의 희비극이 생
명체가 서식하는 곳이면 어디서나 동시 다발로 맞물려 돌아
간다는 것, 살이 타자의 살을 먹지 않으면 살이 되지 않는 이
약육강식弱肉强食의 근원이 생태적인 먹이구조에서부터 발원되
고 있다는 것은 우리의 삶 전체에 만만찮은 시사를 던져주고
있다. 이 먹이구조에 내재된 비의는 인류의 유혈의 역사가 걸
어 나온 발자취와 무관하지 않을 뿐만 아니라, 사회의 제반 시
스템 역시 힘의 경쟁으로 작동되는 오늘의 현실과도 직결되어
있기 때문이다. 그러므로 고속 질주하는 힘의 진화, 새로운 힘
의 신화 앞에서 '오늘'이 어느 낯선 '내일'을 불러올 것인가를
두려운 마음으로 묻게 되는 것이다.

　나는 표의문자表意文字인 '肉'자를 찬찬히 들여다보았다. 그러
자 肉에서 생생하게 꿈틀대는 두 겹의 기운이 두 겹의 풍경*
으로 클로즈업되어 눈앞에 다가왔다. 그 肉의 풍경 속에는 肉
의 탄생과 생장을 아우르는 기본적 욕구인 성욕과 식욕이 함
께 내장돼 있었다. 그러기에 울타리 안에서 두 사람이 몸을 포

개는 몸의 이층집에서는 끝없이 출렁이는 에로스의 욕망이 감미롭게, 때로는 난폭하게 희로애락의 파도로 굽이치며 흘러나오고, 남녀가 합일된 그 성애性愛에서 없던 아이가 육화肉化되어 걸어 나온다. 그러나 존귀해야 할 인간의 잉태가 하필이면 몸 위에 몸이 포개어지는 남녀의 성애, 그 참을 수 없는 욕망의 절정에서 이루어진다는 사실이 어떤 사람들에게는 참을 수 없는 존재의 가벼움**으로, 또 어떤 이들에게는 리비도의 창조성에 대한 열렬한 찬미로 이어진다. 육肉의 벌거벗은 원색적 욕망 안에서 사람들은 날마다 울고 웃는다.

그리고 사람 위에 사람 있고, 사람 아래 사람 있는 또 다른 이층집에서도 힘센 이의 밥상 밑으로 깔리는 힘없는 이의 울음이 터져 나온다. 이 울음은 강자의 웃음과 비극적으로, 혹은 희극적으로 맞물려 있다.

그런데, 오늘의 웃음이 내일은 울음이 되는 힘의 이동, 힘의 변천사는 무한 경쟁에서 발출되고, 이 경쟁의 역학이 인간 생명의 에너지를 고도로 촉발시키는 아이러니를 연출한다. 하여, 웃음을 미덕으로 삼는 사람들은 말한다. 사람은 결코 평등할 수 없다고, 인간 존엄성에서 오는 평등성이 인간의 조건

과 능력의 차이에서 오는 불평등을 아직은 어떤 방법으로든 제압하지 못하고 있기 때문이라고,

'육肉'의 풍경이 드러내는 위아래 사람들의 힘의 배열은 수정되어야 하고, 그래서 사람이 사람과 나란히[人人] 더불어 존재하는 관계의 성숙을 위해 종교, 철학, 정치 일각에서 그 실현의 길을 구도해 왔으나, 아직도 육肉으로부터의 사회적 구제는 요원하다고, 만일 이 땅에 낙원이 도래 한다 해도 그 정지停止된 천국(?)에는 인간실존의 또 다른 비극요소가 죽음처럼 몰려올 거라고, 그러니 생명을 풋풋이 약동하게 하는 욕망이라는 전차가 개인과 사회의 발전發展을 위한 발전發電의 동력임을 인정해야 한다고……

그러나 아랫동네의 제언도 그 고된 삶만큼이나 가파른 언덕배기에서 심상치 않게 굴러 나오고 있는 것이나.

육肉의 속성상 육肉과 부패腐敗는 불가분의 관계에 놓여 있는바, 힘이 힘을 딛고 힘으로만 뻗쳐 일어서는 힘의 수직구조인 肉의 속성이 마을府에 들어오므로 하여 마을 '부府'가 썩을 '부腐'로 바뀌는 걸 간과해선 안 된다는 것을, 인간 내면의 존재론적인 힘이 외부의 힘인 권력, 재력, 폭력 등을 다스리지 못하는 지점에서 발생하는 제3의 힘, 그러니까 두려운 것은 바로 인

간성 파괴까지도 불사하는 괴력인 제3의 힘이라는 것을, 이 제3의 힘에 휘둘린 당신과 나의 허리뼈가 오늘 이미 온전치 못함을 인정하고 서로 마주볼 수 있는 접점을 함께 찾는 일. 이 희망을 끝내 내려놓을 수 없어 슬프고, 함께 달리는 평행선이 위험해 고통스럽다고……

집에서 지척거리인 만수산 산책로를 찾는 일이 잦아지면서 나무들을 더욱 가까이 대하게 되는데, 나무들이야말로 먹이사슬 최하층에 속하면서도 최상층에 군림하는 특별한 생존양식을 갖고 있는 터여서 키 큰 나무들을 한참 고개를 젖히고 바라보게 된다. 타자를 잡아먹지 않는, 그래서 입이 없는 이들 식물들이 여느 유기체들과는 비교도 되지 않을 만큼 성장과 수명 면에서 월등한 능력을 발휘한다는 게 신기하다. 이 능력의 근원에는 식물의 유전자들이 포식동물과는 달리 이타적利他的 생존을 선택한 고도의 전략이 비장 돼 있기 때문이 아닐까? 식물들이 갖가지 아름다운 이파리와 꽃들을 피워내고 빛깔 고운 온갖 곡식과 과일들을 영글게 하여 이 세상 최상의 미美와 향香과 맛을 만들어내는 위업을 펼쳐냄과 동시에 이것들을 타자의 밥으로 내어주니 말이다. 이러한 식물의 생리는 어쩌면 두뇌와 손발이 없고 살이 없어 가능했을 것이다. 부패를 모르기에 죽어서도 부패할 줄 모르는 이들 나무를 바라보는 자리는 그러므로 선성善性의 자리이어야 마땅할 것이다. 생각 없는 나무 앞에서 생각 있는 인간이 육肉의 비극성을 고백하게 되는 것도 거대한 나무의 거부할 수 없는 위력 때문이리라. 육肉과 식물 사이에서 먹이의 역학관계가 바뀌는 것은 죽음을 그 경계로 한다. 약육강식의 생리를 생태적으로 짊어지고 있는 포식자들이 죽어서는 나무의 밥이 되기 때문이다. 육肉의 풍경, 그 그늘을 흔들면서 들려주는 자연의 또 하나의 선택을 오늘 숲 속에서 듣는다.

『정신과표현』 2004년 7, 8월호

* '肉'자의 어원이나 형성과정과는 무관한 시각적 풀이
** 참을 수 없는 존재의 가벼움: 밀란 쿤데라 작의 책 표제에서 차용

연두빛, 그 신생의 종소리

누더기에 새겨진 풍경

열린 대문으로 수상한 바람이 들락거린다. 그리고 초록물결이 지천으로 일렁인다. 수도 없이 다녀간 이 세상을 처음이듯 새롭게 찾아온 꽃이 사람과 사람 사이에서 색동의 방언들을 펴내는 지금은 다시 오월이다. 그 꽃길로 소원했던 사람과 사람이 가까이 마주 다가오고 고향 사투리로 만나는 친구들이 정답게 손을 맞잡는 뜻밖의 즐거움을 누리기도 하는 계절인 것이다.

오뉴월의 산들 바람이 꽃향기를 풀어 얼굴을 간질일 때, 마음은 이미 덥고 추운 생의 양극을 통과하여 중간지대로 나온 풍향風向을 감지한다. 우리네 일회적인 생의 사계는 줄기차게 공전하는 계절의 장구한 순환동력 앞에서 무상하기 그지없지만, 그 무상을 넘어 덥고 추운 생을 거쳐 온 중화의 삶이 풍기는 온화함을 춥지도 덥지도 않은 이 부드러운 바람 속에서 묵상하게 하는 것은 오월이 베푸는 평화다.

세상의 꽃나무들을 흔들어 깨워 꽃피게 하는 이 초록바람이 햇발에 얹혀 벌써 얼굴 아래로 목덜미를 따라 미끄러진다. 이때는 환히 열린 살갗기공으로 빛 어린 공기들이 들어와 안의 어둠을 환기시키는, 그 상쾌한 몸의 조화를 느끼게 하고, 그동안 제 생명에 대한 예의를, 살아 있음에 대한 은총을 너무 오래 방기放棄하고 지냈음을 불현듯 상기하게 한다. 그리고 꽃 핀 오월의 언덕을 오르노라면 문득, 꽃들이 저들 모국어로 던지는 꽃의 화두를 대면하는 것이다. 실존적 그늘 속에서도 단순한 생존이 아닌, 존재를 꽃피우고자 하는 그 상승의 생명력에 기대어 꽃 앞에 마주설 수 있는 사람은, 그래서 이 계절이 더욱 즐거울 것이다.

누구에게나 다 마찬가지겠지만, 어린 날 뛰놀던 고향산천은 아무리 세월이 흘러도 낡을 줄 모르는 그리움으로 남아 있다.

산수가 안온하고 사람의 품성이 순후하여 인심 또한 후덕한 내 고향 순천順天에서는 곧은 선비의 정취처럼, 혹은 부처의 법향法香처럼 번지는 선암사 매화향기로부터 봄이 오곤 했다. 삼산과 죽도봉산이 푸르름에 젖어들고, 행진하는 그 초록빛이 집집의 마당을 지나 공동묘지로 가는 수도거리와 고름장 모퉁이에까지 넘쳐나는 오월이면 석현천과 옥천을 모아안고 남류南流하는 동천東川의 물빛과 문유산, 조계산 등 소백산맥의 지맥들까지도 싸안은 넉넉한 하늘빛에 눈이 부시곤 했다. 또한 눈부신 하늘빛 아래 드넓은 갈대밭 머리맡을 휘감고 밀물과 썰물로 오가는 바다가 있어 숨 쉬는 개펄이 멀리까지 펼쳐지는 순천만의 5월은 싱싱해진 갈대들의 서걱이는 노래가 눈과 귀를 잡아당긴다.

날이 풀리고 없는 사람들 살기가 덜 고생스러운 시기에는 아무래도 한적하던 시내에 활력이 돌았다. 특히 오뉴월이 되면, 장날 따라 아랫장터, 윗장터가 붐벼났다. 이때쯤엔 각설이의 쪽박에도 볕이 들어 "작년에 왔던 각설이 죽지도 않고 또 왔소." 그 구성진 각설이 타령이 대문 밖에서 종종 들려오기도 했는데, 우리 순천의 삼대 명물걸인인 공수, 성배, 하늘백

이도 그 행보가 바빠지는 것이었다.

공수는 마누라까지 거느렸는데 이들 금술이 여간 좋은 게
아니었다. 머리에 꽃을 꽂고 다니는 공수 마누라의 머리매무
새를 보고 있노라면, 마치 머리카락에 꽃이 피어난 듯 했다.
거기다가 울긋불긋한 헝겊 쪼가리들을 옷 여기저기에 달고 있
어, 움직일 때마다 헝겊들이 나풀거렸다.

우리 아이들은 공수부부를 따라다니며 곧잘 말을 걸곤
했다. 늘 환한 얼굴을 하고 있는 공수부부가 신기하기도 하고,
또 천자문을 외워보라고 공수에게 조르면 그 입에서 하늘 천
따지 하고 줄줄이 천자문이 쏟아져 나오는 것도 신통했다. 공
수가 한문공부를 너무 많이 해서 꼭지가 살짝 돌았다는 게 어
른들 사이에서의 입소문이었다. 이들 부부 둘 다 돌긴 돌았으
니 많이 돌진 않고 살찍만 밎이 깄다고 했다. 그러나 세내로
말하자면, 맛이 간 게 아니라 순진하고 착함의 맛이 하나 더
덧붙여졌다 해야 옳을 것이다. 죄를 알지 못하는, 소유를 알지
못하는, 살아생전에는 아마 깨어나지 못할 지성, 그 뒤편, 무
지의 불빛이 오히려 뒤틀린 지적 편견을 부끄럽게 하는, 지금
생각해보면, 공수부부의 착함 안에는 살짝 돌아 성장단계를
거꾸로 되짚어 멈춘 그 지점의 무욕과 천진성이 담겨 있었던

것이다. 그래서 이들 부부는 우리 아이들 하고 잘 통했다. 정 많은 어른들도 이 부부를 따뜻하게 대해 주었다. 덕분에 가난했던 그 시절에도 그 부부는 굶는 일이 거의 없었다.

내 기억으로는 공수가 늘 웃고 있었던 것 같다. 뭐가 그렇게 좋아? 하고 아이들이 물으면 그냥 좋다고 했다. 이쯤 되면 미칠 만도 한 것이다. 그러니, 하늘과 땅으로부터 버림받은 불쌍하고, 불행한 걸인이라고 단정할 일도 아닌 것이다.

구걸하는 자에게도 기쁨은 있는 것이다. 배고플 때 먹는 밥 한술에서 오는 본능적 희열, 결핍의 광야에서 만나는 샘, 그 샘물 서너 모금에 목마름이 풀릴 때, 이제는 살 것 같다는 탄성에 묻어나는 기쁨의 생기, 하여, 구걸의 결핍이 피어올린 역설적 환희를 간과할 수 없게 된다. 이는, 풍요로움이 넘치는 생의 고지高地에서 흘러나오는 온갖 불만, 근심, 무기력과는 상반되는 현상이 아닐 수 없다. 일용할 양식을 빌어먹는 그 가난에도 묶일 줄 모르는 자유, 걸인의 굴레 속에서도 그 굴레를 의식하지 못하는 천진성, 새처럼 작고 가벼운, 집 없는 날개를 일직이 공수부부에게서 보았던 것이다.

물론, 그 가난, 그 자유는 자아의 전인적 선택의 결실이 아닐 뿐 더러, 더구나 비움의 수행으로 도달된 경지의 산물도 아닌 것이다. 그러나 선택의 가난이 아닌 던져진 가난, 주어진 병고일지라도 그 병고와 가난으로 무소유의 자유를, 그리고 웃음을 얻었다면 그것으로도 충분히 의미가 있는 삶이 아니겠는가.

그러므로 무고한 자의 이해할 수 없는 병고와 수난에 대하여 왜? 라고 우리는 묻지 않는다. 그들은 그들 나름으로 누리는 생의 몫이 있고, 또 무고한 이의 수난을 통해 고통의 사람 하나 질곡에서 벌떡 일어나기도하는, 수난과 정화, 수난과 재생의 연대성이 우리의 이성의 영역 밖에서 진행되고 있음을, 이 시각에도 어느 아름다운 영혼의 눈이 이 보이지 않는 섭리를 짚어내고 있는지 누가 알랴!

넘침에서 오는 온갖 병폐, 욕망의 과잉이 불러들이는 여러 윤리적, 물리적 재앙들이 산재해 있는 세상 안에서도 모자람이 가져온 바보 천국이 엄연히 상존해 있다는 것은 참 아이러니하다. 불공평하게만 비쳐지는 이 세계내의 부조리에도 불구하고 사람 사는 상태는 겉보기와는 달리 생각하기에 따라서는 어느 정도 공평하다고 해야 할지도 모르게 되었다.

그러나 길잠 자는 이들 중에서도 가장 값진 가난, 즉 '선택의 가난'을 사는 사람도 있다는 소식을 우리는 가끔 듣는다. 그야 처음부터 가난을 선택했는지, 길로 나온 다음 적극적 가난을 살기 시작했는지 알길 없지만, 길이 집인 그 집 없는 이가 길을 가기 위한 길의 경전을 모든 종교를 섭렵하여 공부하고, 수도자가 아니면서도 지붕 없는 수도원인 길에서 누더기 한 벌 걸치고 철저하게 무소유의 삶을 살아내는, 그 한 사람을 나는 어느 날 지면을 통해 만나게 되었다. 독일인인 그의 이름은 페터 노이야르 였다.(그는 세 차례 한국을 다녀가기도 했다.)

수행, 수도를 과업으로 하는 승려나 수도자들도 담장을 두른 사찰이나 수도원에서 눈비를 피해가며 보장된 가난을 사는데 비해, 울타리 없는 그의 길은 너무도 좁고, 또 가혹하기까지 한 고행의 길로 내게는 비쳐졌다. 나는 웬일로 생면부지의 그의 누더기가 자꾸만 떠올라 잠을 설치곤 했다. 나는 내 집지붕과 벽을 바라보았다. 지붕과 벽은 건재했다. 안일과 무사를 도모하고 고통을 두려워하는 한 왜소한 자가 견고한 천장과 벽에 둘러싸여 안락한 잠을 청하고 있었던 것이다. 그런데, 안락을 더 많이 꿈꾸는 내 잠 저편에서 땅을 요로 깔고 하늘을

이불로 덮고 자는 그의 잠이 자꾸만 내 잠을 방해하기 시작
했다. 그의 누더기에 새겨진 그의 삶의 풍경화가 내 잠 곁에서
어른거리기도 했다. 그리고 내 어중간한 가난 곁으로 이 세상
가난들이 따라붙어 때 묻은 가난의 남루가 풍경이 살아 있는
그의 누더기 앞에서 풍경 없이 삭아 너덜거렸다. 그러던 어느
날 밤에 나는 잠자리에서 일어나 백지 앞에 마주 앉았다. 그의
누더기를 일부라도 시 안에 보존해 두기로 작정한 것이다.

집이 없다.
길이 집인 그의 옷은 낡을 대로 낡아 있다
그가 걸친 남루는 그의 빈손의 흔적이고
빈손이 그의 누더기옷에 새 길을 낸다
집집마다 울긋불긋 소란스런 밥상머리, 그 바깥으로
비켜선 그의 이 빠진 밥그릇에 미락味樂도 빠져나가고
적요만이 햇빛 한 움큼 거느려 고여 있다

그러나 고요한 그의 마음에도 가끔씩은 풍랑 일고
내란의 아우성이 세상 쪽으로 기울어 펄럭거렸으리
펄럭임 그치지 않는 날이면 그이 안에 잠시 갇힌

새 한 마리 심히 요동쳐 고막에 새 울음소리 질펀했으리
난타하는 바람을 뚫고 그가 길에서 일어나는
아침은 그래서 오히려 푸르고 쾌청했으리라

길을 떠나는 아침마다 저 지평선 빨랫줄에
당신과 나의 거죽옷이 점점이 널려
마지막 수의로 언뜻 나부끼는데
그곳에서 해는 뜨고, 해가 지는데
그의 누더기 옷에는 수많은 일출과 일몰을
담아낸 강줄기가 실금으로 길게 패여 있다
강물 건너에는 산들도 얼룩얼룩 솟아 있다
뱃속 허기는 늘 그의 양식이지만 그만큼의
비움으로 넘어온 산들이 그의 옷에 붙박여 푸르다

그리고 그의 누더기에 고인 빗물 웅덩이
그가 지나온 마을과 그가 만난 사람들을 향한
눈물의 흔적이 누덕누덕 묻어 있는,
때로 눈 덮인 벌판을 요로 깔고
폭풍을 덮고 잔 그의 헐벗은 밤이 생생히 인각된,

어느 화가도 화필로는 그려내지 못하지
풍경이 눈뜨고 살아 있는 그의 남루를, 그리고
어둔 모퉁이에서 남루를 부여잡은 이의
울음, 혹은 웃음을
「화가가 그의 옷을 엿보고 있다―페터 노이야르의 누더기」.
시집『둥근 밀떡에서 뜨는 해』에 수록))

사실, 그늘 깊은 가난에는 굴욕이, 부자유가, 뒤틀린 분노나 비감한 좌절이 시커먼 때처럼 들러붙기 마련이어서 가난의 남루는 날이 갈수록 삭아 헤질 수밖에 없는 것이다. 가난이 거느리는 빛과 그늘 속에서 가난이 지어올린 3층탑을 나는 고개를 들어 올려다보았다. '자업자득의 가난' 그 위에 사회구조 악 속에 '던져진 가난', 혹은 타자의 탐욕으로나 물리적 재난으로 '주어진 가난'이 쌓이고, 상층에는 자유의지에 의해 비움과 무소유 쪽으로 다가서는 '선택의 가난'이 자리하는, 그 가난의 피라미드식 탑으로부터 사람들의 침묵과 절규가 함께 흘러나오고 있었다.

오늘, 길이 어지러운 길에서, 밥(물질)과 길의 문제가 혼란스럽게 얽혀 있어 더욱 길이 꼬이는 길에서 그래도 가난을 선택해 자유의 길에 들어서는 소수의 사람들이 이 땅에 존재하

고 있다는 소식이 아무래도 예사롭지 않게 받아들여지는 것
이다. 그러나 생활인의 삶과는 동떨어진, 그래서 생경하기 조
차한 그의 누더기에 대한 시각도 다양해서 어떤 이들에게는,
그 누더기가 인간 보편애의 실천적 현장을 갖지 못한, 자기 확
대를 위한 개인적 산물이거나 이 시대가 미화시켜 놓은 자본
주의의 역 우상쯤으로 비쳐지기도 하리라. 그럴지라도 물신物
神에 휘둘리어 인간 욕망이 날로 팽창되어가는 오늘의 현실에
서는 가난한 이의 누더기 한 벌에 새겨진 눈뜬 풍경이 눈이 순
한 이들에게 많은 말을 침묵으로 전해주고 있는 것이다.

『정신과표현』 2005년 5, 6월호

연둣빛, 그 신생의 종소리

누가 내게 물었다. 애인이 있느냐고. 나는 서슴지 않고 대답했다. 있다고. 그러자 호기심 어린 눈빛으로 다시 물었다. 누구냐고. 나는 그만 털어놓고 말았다. 내 애인은 아기, 그리고 하나 더, 연둣빛의 어린 떡잎이라고, 그린데 갑자기 그의 눈빛이 한물간 명태 눈처럼 흐려지면서 표정까지 시큰둥해졌다. 재미없다는 것이다.

재미없기로 치면, 호기심과는 무관한 일상의 자질구레하고 잡다한 일들일 터인데, 이 일상의 잡식성이 시간을 먹어치우고 노동을 먹어치우고 사람 안에서 젊음을 꺼내 먹어치우고 또 새롭고 신선함을 모조리 헌 것으로 바꿔치기 하는, 그 낡아

가는 일상의 비애일 터인데, 그러니까 낡아진다는 것은 늙어
간다는 것일 터인데, 이 낡음의 일상 안에 늙은 '권태'가 도둑
처럼 웅크리고 있어서 소망을 훔치고 의지를 훔치고 의욕도
훔치고, 이 훔친 것들을 허무라는 자루에 쓸어 넣는 시점쯤에
이르러서야, 삶의 재미에 대한 소중함이 들어날 터인데……

또 재미만을 밝히기로 치면, 재미가 더 큰 재미를 낳는 자극
의 제국에서는 중독된 감각의 신음소리가 새어나올 터이고,
이때 재미는 짐짓 검붉은 고통으로 변해 있음을 알게 될 터인
데, 그러니 이런 재미는 그리 믿을 게 못된다고 해야 하리라.

물론, 더불어 사는 우리의 삶에는 재미다운 재미가 깃들어
있기 마련이고, 또 재미를 거듭 일구어내고 향유할만한 세상
이기도 해서, 고苦와 낙樂의 곡예 찬란한 생이 연출되는 이 지
구는 아마도 우주 안에서 가장 생기 충만한 행성이 아닐까 가
늠해보지만, 어찌하랴! 사람의 빛깔에 따라 이 지상에서의 재
미의 색깔도 천차만별인 것을.

젊은 날에는 누구나 일상의 평범을 견디어내지 못하는 그
무엇을 지니고 있다. 그것은 평범의 틀 밖으로 솟구치고자 하
는 욕구이며 일상을 뛰어넘고자 하는 일탈의 꿈이기도 해서

자신의 꿈과 능력, 꿈과 현실의 조건 사이에서 일어나는 내적 갈등과 방황으로 쉼 없이 마음은 풍랑을 안고 뒤채기 마련이다. 그러나 너무 수수해서 볼품조차 없는 '평범'의 가면 속에는 오만으로 하여금 범접하지 못하게 하는, 허영과 자만심을 다치게 하고 비틀거리게 하는 평범의 본래 얼굴이 들어있는 것이리라. '평범 안에 진리가 있고, 평범 안에 행복이 있다' 이 보편적 상식이 보통의 평범성 안에서 비범하게 울리는 까닭이 여기에 있다. 또한 평범의 영역은 인간의 본성과 보편성이 보존된 영역이고, 인간 본성 안의 선성善性까지도 깃든 인간 공유의 영역인 까닭이기도 하다. 그럴지라도, 일탈의 꿈은 우리를 더 많이 꿈꾸게 하고 꿈의 현현顯現을 현실로 앞당기기도 한다. 싱싱하고 신선한 아름다움은 어쩌면 일탈이 가져다주는 선물일 것이다. 우리는 누구나 환기작업이 필요한 존재들이다. 새로움을 향한 향수, 더 나아가 새롭고자 하는 죽지 않는 소망을 지니고 있기에 늙어도 마음은 늙을 수조차 없는 존재들인 것이다.

　누가 맨 처음 길을 텄을까! 새들에게서 날개를 훔친 일군의 무리가 일탈의 날개를 달고 날기 시작했으니 말이다. 일찍이,

현실과 가상, 일상과 일탈의 경계를 자유자재로 넘나든 곳에 시가 꽃피어왔고 예술이 존재해왔던 것이다.

그런데, 평범한 일상 안에서도 한편의 시를 만날 때가 있는데, 그것은 새로움의 날 것인 연둣빛 아기의 사랑스러운 모습이다. 무의식의 바다에서조차 침몰 당한 에덴을 아기들이 끌어올려 저희 세상에 잠간 펼쳐놓는, 경이로운 아기나라는 어른들에게는 신비로운 거울일 수밖에 없다. 그 거울 속에 나였던 아기가, 까맣게 잊혀지고 사라져버린 아기였던 내가 들앉아 있다. 낯설고 생경한 어른들의 아기시절을 그 거울은 비춰주고 있는 것이다. 어른으로 성숙되어온 뒤안길에서 상실해간 처음의 '나'의 원형이 그 거울 속에 있음을 보게 된다.

우리가 유아들에게서 느끼는 새로움과 신선함은 신생아였던 나의 무아無我, 무욕, 무소유 등 원죄적 본능이 드러나기 이전의 그 깨끗한 시원을 향한 무의식적 동경에서 발로되는 감성일 것이다. 그 무無는 어쩌면 유有의 세계에서 죽임을 당한 신의 영토일지도 모른다. 그러므로, 유의 세계로 진입하는 첫 길목에서의 무, 그것은 깨끗함의 변질을 예고하는 한시적인 것에 불과할 뿐이라 하더라도 오늘은 아기이므로, 이 묵은 세상에 싱싱한 새것으로 왔으므로 이 새 생명의 영혼 앞에 거짓과 위선을 내려놓고 고단함도 내려놓고 다만 깨끗한 눈빛으로 잠시 머물고 싶은 것이다. 때 묻은 손을 씻고 아기의 고사리 손을 잡아보고 말과 밥의 흔적만큼 불순해진 입을 헹구어낸 입술로 달디 단 아기의 입에 뽀뽀하고 싶은 것이다.

그래서일까. 눈에 보이는 아기들이란 아기들이 모두 비할 데 없이 귀하게만 보인다. 새로 이 땅에 왔으나 아주 오래된 영혼이 티끌 한 점 없이 맑은 눈동자로 떠 있는 듯한 그 아기 눈에서 천사의 눈빛을 보게도 된다. 그 눈 아래 방긋거리는 아기의 입에서 나오는 아기의 옹알이 또한 사랑스럽기 그지 없다. 언어 이전의 맑은 언어를 어른들에게 들려주는 그 옹알이는 된소리 하나 없는 순결한 모음들로 출렁인다. 아기의 옹알이에 화답하는 엄마의 입에서도 잠시 훼손된 언어 대신 아기나라의 옹알이가 새어나오는 것이나. 그리고 옹알이로 눈을 마주치는 순간에 저 원시의 하늘 한 폭이 엄마의 가슴으로 차오르고 그 시원의 무염지대無染地帶가 엄마의 행복한 가슴에 잠간 펼쳐지기도 한다.

무염지대인 아기나라, 이 에덴동산에서의 생명의 은혜는 그래서 광휘롭다. 이 광휘 안에서 세월의 주름이 잠시 펴지고,

잠들었던 사랑의 감성이 번쩍, 눈을 뜨는 쪽이 있다. 할머니 할아버지들인 것이다. 이는 새것을 향한 낡음의 눈물 어린 향수일지, 단순한 영혼의 끌림일지 알 수 없지만, 아기에 대한 사랑의 감도感度가 생의 처음과 끝자리, 신생과 낡음 사이의 간극에 비례되기나 하는 것처럼 노경의 아기사랑은 그만큼 극진한 것이다. 그러기에 흐려져만 가던 노년의 눈은 사랑스런 아기 손녀손자를 보는 즐거움에 생기가 돌고, 그 아기들의 재롱이 있어 노년의 입술에서는 활짝 웃음꽃이 피어나기도 한다. 아기사랑이 뜻밖에도 연둣빛 봄날을 불러와 노년이 잠시 싱싱해지는 탄력을 받는 것이다.

어느 봄날, 어머니의 병세가 갑자기 악화 됐다는 전화를 받고 부랴부랴 어머니 집으로 내려가는 길에서 마주친 것은 나무들에서 막 피어나기 시작한 새잎들이었다. 나는 눈물 어린 눈으로 그 나뭇잎들의 연둣빛을 바라보았다. 내 눈이 연둣빛을 쓰다듬고 있는 사이, 뜬금없이 사람의 모발에서 멜라닌 색소가 다 빠져나가 버린 백발이 그 어린 연둣빛에 얹히고, 한때 다채로웠던 생의 빛깔들이 어디론가 쓸려나가는 썰물소리 또한 귓전으로 가득 고여 오는 것이었다. 흰빛 썰물로 밀려나는 텅 빈 생의 해안가를 더듬는 내 눈에 쓸쓸한 바람이 스쳤다. 마침내, 한 생이 시공 밖으로 아주 사라지려고 하는 것이다. 그런데, 생이 떠나는 길목에 등불을 켜듯 나무마다 눈 밝힌 그 연둣빛 나뭇잎에서는 신생의 종소리가 쟁쟁하게 울려나고 있었다. 그 종소리에 마음이 무너져 내렸다. 생전 처음 보듯 나는 그 부드럽고 여린 초록을 다시 새롭게 바라보았다. 어린 초록의 떡잎들이 꽃보다 더 아름답다는 것을, 그러나 생이 저무는 서녘에서는 그 빛이 오히려 비색悲色으로 비쳐진다는 것을 그때 처음 알았다.

둥근 원형의 나무 나이테는 계절의 순환바퀴가 수없이 돌아간 자국이며, 이파리와 꽃들이 철철이 죽고 피어난 생명의 기록서일 것이다. 사람이 넘지 못하는 이승에서의 인간생명 한계를 초월해 육체적 부활을 지상에서 거듭 실현하는 나무들, 그 나무의 세계가 피워 올린 기적 같은 신생의 빛깔이 곧 떡잎들의 연둣빛임을 그때 흘러가는 차창 풍경을 통해 얼핏 보았던 것이다.

사람의 생애 끝에서는 어찌해 연둣빛을 피워낼 수 없을까? 라고 나는 흐르는 연둣빛을 바라보며 홀로 자문했다. 연둣빛 아기가 자라서 소녀소년이 되고 어른이 되어가면서 그 싱그러운 새 빛이 아집과 풍진으로 짙어지고 남루해지는가 하면, 끝내는 벌레들에게 먹혀 숭숭 구멍 뚫린 채로 퇴락해 가며 죽어간다는 것. 이 생의 비애가 불현듯 연둣빛 거울에 생생이 비쳐지고 있었다. 물론 연둣빛을 자기의 빛깔로 충실히 물들이고 그 생명의 원만함을 후광처럼 거느린 풍요로운 생애가 있음으로 하여 연둣빛 사랑, 연둣빛 희망은 우리에게 더욱 소중한 덕목이고 아름다운 서정의 마를 줄 모르는 샘이기도 하다. 그러나 인간생체 리듬의 자연 퇴락현상만은 어쩔 수 없는 영역이어서 이날의 연둣빛이 어머니와의 이별 쪽으로 달려가는 내게는 큰 슬픔이 되어 다가온 것이다.

나는 자리에 누워계신 어머니를 뵙고 놀랐다. 왜소한 체구를 지닌 어리고 여린 한 아이를 보았던 것이다. 자의식과 혈기가 다 빠져나가버린 순수한 눈길과 말없이 마주쳤던 것이다. 그 병상의 자리는 아무도 함께 할 수 없는 절대 고독의 자리가 되어 있었다. 끝내 자아의 굴레에서 빠져나간 흰빛 날개가 막 지상을 뜨려 요동쳤다. 갓 피어난 연둣빛 새잎이 한 생의 마지막을 고하는 창 밖에서 쏟아지는 햇살을 머금고 눈부시게 살

랑거렸다.

이렇게 어머니는 가셨다. 장지에서 돌아오면서 나는 보았다. 어느 집 빨랫줄에 널린 빨래들을, 그리고 또 보았다. 사람들이 옷을 벗고 몸을 벗고 돌아간 저 지평너머를, 그때 내 눈이 끌어당긴 지평의 빨랫줄에서는 몸 없는 빨래들이 하염없이 펄럭거렸다.

노을이 몰려오고 있었다. 남은 자의 울음이 노을을 물들이는 그 저녁에 나는 노을 속에서 연둣빛 떡잎 한 잎을 따왔다. 그 이후로 연둣빛 봄날이 돌아오면 어머니의 살에서 피어난 연둣빛 종소리에 귀가 울었다.

『정신과표현』 2005년 3, 4월호

연두빛, 그 신생의 종소리

기다림은 언제나 문 쪽으로 기운다

어느새 골목 끝이 어스름에 잠기고 어느 열린 대문 앞에 한 아이가 쭈그리고 앉아 있다. 마치 집 없는 고아처럼 그렇게 고개를 떨구고 얼굴은 눈물자국으로 얼룩이 진채 앉아 있다. 아이는 눈을 비비고 골목 끝을 바라보고 또 바라본다. 사람을 기다린다는 것, 그 기다림이 그토록 애틋하고 절실함을 온몸으로 보여주기라도 하듯이 아이는 몇 시간째 꿈적도 앉고 앉아 있다. 아이의 눈에 별이 뜨기 시작하고 골목 안의 봉창들에서는 촉수 낮은 알전등이 켜지는데, 그 봉창 안에서 그릇 달그락거리는 소리, 쑥국 끓이는 향긋한 내음도 새어나오는데, 집 밖의 아이는 어린 몸으로 세상의 외로움을 다 뒤집어쓴 양 저

따뜻한 불빛은 내 것이 아니라는 듯이 그렇게 움츠리고 앉아 있다. 그래도 아이의 눈에서 가끔 생기가 도는 것은 기다리는 할머니가 잠시 후엔 치마자락을 펄럭이며 이 골목 안으로 사뿐히 들어서리라는 희망 때문이다.

아이 몰래 할머니가 외출이라도 하실 양이면, 그 순간부터 엄마는 마음 앓이를 하게 되는데, 웬 애가 글쎄, 엄마는 제쳐놓고 할머니만 죽기 살기로 좋아해서 한시도 떨어져 있으려 하지 않았기 때문이다. 나중에 안 일이지만, 대가족이 모여 살던 그 시절 시어른에 대한 예의로 그 면전에서 자녀에 대한 애정표시를 삼가다 보니, 자연스레 할머니가 손녀, 손자 사랑을 독차지 하다 시피 해서 발생된 이상 현상인 셈인데, 아무튼 할머니의 외출이 의심나면, 아이가 자지러지게 놀래 민지 하는 일은 변소 문 열어보기, 다음은 집 수색하기, 그리고는 한바탕 서럽게 울기, 울음을 그친 다음은 집대문 밖으로 나와 쭈그리고 앉아 진종일 기다리기. 엄마가 집 안에서 기다리자고 달래어도 막무가내기. 구세주인양 할머니가 짱! 하고 나타나면 그때 할머니에게 안겨 의기양양하게 집안으로 들어오기, 그 순간을 위해 끝까지 기다리기……

그러나 퇴근해 귀가하는 아빠에게 번쩍 안기어 집 안으로 들어오게 되는 날도 있었는데, 이때는 아빠에게는 속수무책인 아이의 승복인 셈이었다. 그런데 집안에 들어서자 라디오 소리가 평화롭게 흘러나오고, 온 집안에 번지는 불빛이 그지없이 환하고 따뜻해 보였다. 대문 밖은 어두웠으나 안은 밝았다. 밖에서는 남의 집 불빛을 훔쳐보는 쓸쓸함이 있었으나 안으로 돌아오니 거기에 아늑한 위안이 있었다. 그러니, 집에서 기다리는 것이 대문 밖에서 기다리는 것보다 더 나을 번했다고 아이는 속으로 생각했다. 그때서야 엄마의 애절한 마음도 따뜻하게 전해져 와서 엄마 품에서 추운 마음이 말랑말랑하게 녹아내렸던 것이다. 집 밖 캄캄한 얼음 창고 안에 갇혀 있다가 풀려나기라도 한 듯이 아이는 몇 번이나 가라앉은 울음의 앙금을 토해내는 시늉을 하고는 스르르 잠이 들곤 했다. 자초한 고초이긴 했어도 아무튼 창밖의 추운 바람을, 기다림의 적막을, 나는 너무 어린 날에 알아버린 것이다.

그럴지라도 아이의 기다림은 순수했다. 그 기다림에는 아무런 조건도 타산도 없었다. 이제, 아이는 떠나가고 없다. 담장 모서리에서 꺽꺽 꺾인 아이의 뜨거운 울음도 사라졌다. 기다림이 그리움으로 부풀어 오르던 아이의 분홍 볼도 사라졌다. 아이의 간절함이 엄마의 시름을 일몰처럼 붉게 하던 그 엄마도 떠나갔다. 아이는 또 다른 기다림의 세계를 향해 떠났으나 기다림의 열정은 쇄진되어갔다. 기다림에 대한 그 줄기찬 희망도 아이와 함께 희석되어 갔다. 아이가 떠나고 없는 오늘의 대문 밖은 괴괴하기 그지없다. 아이가 떠난 자리에 망연히 서서 나는 묻는다. 나는 지금 무엇을 기다리고 있는가?

기다림, 그것은 한 대상, 그러니까 그게 사람이든 상황이든 간에 그 대상을 향한 지속적 응시이며, 설정된 구심점에의 응집력, 만남에의 성취를 위한 에너지의 집중인 것이다.

이느 날 전철역에서 만나기로 약속한 친구를 기다리는데, 그녀가 제 시간에 오지 않아 30분 이상 기다린 적이 있었다. 그때 나는 대합실 입구를 눈이 짓 물리도록 바라보고 또 바라보곤 했다. 그러는 사이, 기다림의 자세가 얼마나 놀라운 집중력을 발산하는가를 실감했다. 피로와 긴장감이 증폭된 가운데서도 '기다림'은 기다리는 대상이나 상황이 당도할 그 특별한 문 쪽으로만 집요하게 기운다는 사실을 새삼 체득한 것이다.

문 하나를 사이에 두고 기다림의 대상과 주체가 멀리, 혹은 가까이 마주하고 있거나 엇갈려 있는 것이어서 문의 이쪽과 저쪽이 갑자기 아득해 보이기조차 하는 것이다. 기다림과 희망, 기다림과 사랑, 이들이 때로는 기쁨으로 영글고 더러는 슬픔이나 좌절로 문신되는 그 문의 알 수 없는 비의가 문만을 바라보는 내 눈에 의문부호를 들이대며 내 시선을 사정없이 흔들어 놓았다.

그러나 지금 저 문이 열려 있듯이 기다림에 대한 실현지수實現指數 가 상존하는, 한 언제나 문은 열려 있을 것이다.

기다림, 그것은 사람이 사람을 기다리는 심정적 기다림에서부터 성실함의 축적 결과물인 결실이나 심지어 로또 당첨의 행운을 기다리는 기다림에 이르기까지 각양각색의 빛깔을 띠고 있어 사람들은 이 순간도 자기만의 그 사람을, 또 자기 빛깔의 그 무엇을 기다리고 있을 것이다.

삶 가운데 기다림이 있고, 또 그것이 감나무 아래서 감 떨어지기만을 기다리는 수동 격이 아닌, 행동하는 기다림일 경우, 그 기다림 자체가 생의 결핍과 목마름을 채워주는 한 사발의 정화수가 되어주기도 할 것이다. 또한 성취의 계단을 오르는 도상에서의 그것은 초조를 거느리나 즐겁게 꿈꾸게 하고 좀 더 높이 뛰어오르게 하는 힘인 것이다.

　나는 어느 비온 날, 집 베란다 난관에 매달려 있는 물방울을 바라보고 있었다. 그런데, 내가 본 것은 물방울 밖에서 떨고 있는 눈물방울이었다. 짧게 살다 사라질 우리네 삶 속에서의 아픈 이별들이 눈물방울로 떨고 있음을 스러지기 직전의 물방울에서 본 것이다.

　기다림의 전제가 이별이고 또 닿아야 할 목표물에 떨어져 있는 별리 현상에서 기다림이 연유된다고 할 때, 기다림에는 눈물과 불안이 있기 마련일 것이다. 그러나 모든 이별이 다 기다림을 불러오는 것은 아니어서 에로스의 잿더미에서 발생한 이별들에게는 앞을 향한 기다림이란 사멸되고 없다. 반면, 순후한 기다림은 크고 작은 결실을 불러오게도 할 것이다.

　그럼에도 그늘진 곳에서는 기다림 자체가 허상인 듯이 보여질 때가 있다. 존재가 갈구하는 기다림의 문이 벽이 되는 순간에 터지는 그것은 비명 소리이다. 그러기에 그것은 벽에 상형문자처럼 인각되는 가망 없음의 기호들인 것이다. 삶의 장력이 끌어안고자 하는 존재의 조건들, 그것들이 채워지지 않은 채 와르르 무너지는 소동인 것이다. 그 흑야의 상황 속에서 세

연두빛, 그 신생의 종소리

119

상의 희망들이 꺾이는 소리를 가슴으로 받아내는 이들이 보이지 않는 벽에 지금 웅크리고 앉아 있다. 기다림의 문이 벽으로 버티어선 그 벽이 마치 이동 축조물처럼 오늘은 또 누구에게로 쳐들어가고 있을까?

그런데 문제는 기다려야 할 시간에 기다리지 못해 발생하는 불상사이다.

지난 시절의 웃지 못 할 불상사 한 장면이 떠오른다. 내가 고등학교를 다니던 시절에는 영화 관람이 지금처럼 흔하게 허용되지 못했다. 그런데, 고교 3학년 초에 마침 순천극장에서 미국 허리우드 영화 〈네버 세이 굳바이(Naver say good-bye)〉를 상영하게 된 게 사건의 단초라면 단초였겠다. 글쎄 담임선생님이 가만히 있는 순진한 우리를 흔들어 영화관람에 대한 기대를 한껏 부추겨 놓았겠다. 반장들이 교장선생님께 영화를 보여 달라고 요청해 보라는 언질이 불씨였던 셈. 하여 우리는 교장실로 조심스레 들어가 머리를 조아리고 우리의 요청을 아뢰었는데, 돌아온 건 어렵다는 답이었다. 학교 선생님 몇 분이 미리 영화를 관람하고 의견을 수렴한 결과는 '아니오'라는 것. 러브신이 후반부에 심심찮게 등장한다는 것이 그 이

유였던 것이다. 건전한 영화가 상영되면 보여줄 테니 그때까지 조금만 기다리라는 당부도 덧붙였다. 그러나 그것은 우리의 관람욕구에 기름을 끼얹는 꼴이 되었다. 그때가 언제일지도 모를 그때까지 기다릴 수는 없었다. 우리는 똘똘 뭉쳐 위험한 모험을 도모하고 말았다. 학교규율이 칼날 같던 그 시절에 학교 탄생 이래 전무후무한 집단 대 반란 행위가 순천여고에서 벌어진 것이다. 그 거사 당일 수업을 마친 후였다. 종례나 청소는 땡땡이를 치고서 비밀리에 그러나 재빠르게 각자 책가방을 들쳐 메고 그것도 학교 후문이 아닌 정문으로 폼 나게, 신나게 걸어 나갔다. 그리고 오후 훤한 대낮에 무슨 승전부대의 행진처럼 재판소 앞 광장을 횡단해 정정당당하게 순천극장으로 직행한 것이다.

불 꺼진 극장에서 두근대는 가슴으로 영화에 몰입한 그 순간의 황홀함은 찬란했다. 내일 당장 무슨 일이 들이 닥친다 해도 그 순간만으로 족할 만큼 그 대책 없고 무모한 모반이 우리를 짜릿하게 했다. 그러나 그 짜릿한 천국의 시간은 참으로 짧았다. 짧은 도취 뒤에는 긴 고난이 기다리고 있을 줄을 그때는 몰랐다.

우리의 거대한 집단세력(?) 앞에 급기야 고고하신 교장선생님이 무릎을 꿇는 초유의 사태가 벌어지고 말았다. 우리의 불충한 거사가 또 하나의 불충한 사건을 발생시키기에 이른 것이다. 학교유사 이래 이 초유의 사건은 학교가 받은 큰 충격이 아닐 수 없었다. 부덕한 소치라고 스스로 자책하는 교장 선생님은 우리에게 꿇어 앉아 빌었다. 오히려 우리 악동들에게 용서를 청했다. 이 민망한 사태는 우리 악동들을 참회시키는 위대한 무기로 등장했다. 우리는 그만 무너지고 말았던 것이다. 그러나 이로써 전대미문의 이 사건이 종료된 것은 아니었다. 결국 그 후유증은 책임의 자리에 있는 학생에게 책임을 묻는 단호함으로 드러났고 당사자에게 그 고충과 우울은 깊었다.

언젠가는 기다림도 사라지고 기다림의 문마저 굳게 닫힐 날이 올 것이다. 그 봉인된 문이 바로 우리 주검의 봉분이 될 것이다. 그러니 기다림을 둘러싼 희로애락의 소요도 살아 있는 생명만이 누릴 수 있는 은총일 터이다.

벽이 드높은 삶의 현장에서도 구름 덮인 그 하늘에는 여전히 구름 위로 태양이 빛나고, 삼동 혹한酷寒 쨍쨍 언 강심 얼음장 밑에서도 오론 도론 주거니 받거니 속물은 속물끼리 유유히 흐르지 않던가. 얼음은 언제나 물이 되어 흐르지 않던가.

그러니까 칠흑의 밤은 그 칠흑의 힘으로 다시 새벽을 끌어당기고 있음이 분명하다.

생각의 이 미세한 전환이 벽에서 북적대는 기표들을 조용히 불러내고 벽의 봉인을 뜯어 희망과 절망 사이, 벽과 문을 오가는 그 감춰진 자전自轉의 역사를 햇빛 속에 들어내게도 한다. 더 나아가서는 문과 벽을 오가는 우리의 의식자체에 벽을 문으로 여는 수련이 선행될 때는 어려운 상황에서도 희망을 살려낼 수 있으라는 원천적 희망을 갖게 한다.

이 세상의 난제와 난관에도 불구하고 우리에게 있어 기다림의 내용이 점차 고양되어가고 이에 성취의 결실 또한 풍요로워 진다면, 그만큼 집단 활력이 지닌 연대적 추동력도 상승될 것이므로 이를 순박한 심성으로 기다려볼 일이다.

우리들 일생에 몇 번 눈떠서 기뻐하고 감동하고 사랑하는 순간의 눈물겨움 만큼이나 절망하고 고뇌하는 순간의 생명의 갈증도 소중한 것이다. 벽이 낮은 목소리로 일러주는 말이다.

『정신과표현』 2005년 7, 8월호

연두빛, 그 신생의 종소리

발의 수난기

가장 평범한 일이 불현듯 범상한 일로 다가올 때가 있다. 그
때는 평상시의 평상적인 삶이 파손되어 소위, 비상사태로 접
어든 때이다. 이 비상사태는 예고도 없이 일어나고 한 순간에
발생한다. 순간의 어이없는 방심과 실수가 평범했던 일상을
전복시키는 불상사로 이어지면서 그제야 평범한 일상이 결국
은 평화로운 일상이었음을 되짚어 생각하기에 이른다. 그러므
로 평범한 일상에서 주절주절 흘러나왔던 권태나 멀미증의 독
백들이 비상사태가 돌발하자 흔적도 없이 달아나버리고, 만만
찮은 생의 변주, 그 두려운 역풍에 고개 숙인 순응이 그 자리
를 메운다.

한 순간의 사고로 119에 실려 가면서 119구급차가 비명처럼 내지르는 비상 사이렌을 듣는 순간, 나는 내 생활에 비상사태가 잠정적으로나마 도래했음을 실감했다. 그리고 몸이 자유롭게 움직여지지 않는다는 것이 무엇인지를 몸으로 받아들이고 몸으로 반응해야 하는 형국이 돼버린 것이다.

나는 발목관절이 골절되어 한동안 걸을 수 없게 되었던 것이다. 한발 한발 땅을 딛고 걷는다는 것, 이동한다는 것, 이 중대하기 이를 데 없는 발의 작용에 대한 그동안의 무관심이 채찍이 되어 돌아왔다.

발을 못 쓰게 되고나서야 비로소 발의 감추어진 위력을 알아보게 되다니, 이건 소 잃고 외양간 고치는 격이다. 혹사당하고 하대 받는 발에 대해 관심조차 두지 않다가 발을 다치고서야 뒤늦게 발의 소중함을 알게 되니 말이다. 매사에 이 때늦은 늦 박자가 문제인데, 이 늦 박자로 하여 삶에 금이 가기도 하고, 그때마다 뒤늦은 후회를 낳기도 한다. 이는 내면에서 흘러나오는 나른한 안개와 죽음의 병인 잠, 그 검은 장막에 가려져 평상시에는 잘 보이지 않던 소중하고 중요한 것들이 비상시에 불 켜지는 심혼의 불빛에 조명되어 그 정체가 갑자기 드러나는 때문이 아닐까.

　사실, 발로 걷는다는 것은 끊임없이 역동하는 생명, 그 동력에의 추동행위인 셈인데, 그러고 보면, 인류문명의 조성에 있어 손과 두뇌에 못지않게 발도 한몫을 거뜬히 해낸 바, 발의 소중함은 예찬 받아 마땅하다. 또한 발은 눈과 가장 먼 거리에 있어 눈에서 잊혀 지기 쉽지만, 사람과 사람, 사람과 자연, 사람과 사물과의 교류와 만남을 주선하고 눈으로 하여금 다양한 풍요를 누리게 하는 매개체가 되어준다. 그러므로 눈에 있어서 발은 부동의 자리에서 흔히 발생할 수 있는 고정되고 고착된 시각에서 벗어나게 해 시선을 개방하게 하는 동인이 되고 있다. 그러기에 수시로 이동하는 발에 의한 시선의 확대, 시선의 다양하고 다층적인 변이는 곧 사고의 영역으로 이입되어지고, 이는 경험, 정서, 의지 전반으로 이어지는 것이어서 발의 행위는 단순한 생물학적 범위를 뛰어넘는다. 물론, 발 없는 부동의 자리에서도 책을 여행하는 발 아닌 발을 지녀 간접 체험과 간접 교감으로 끊임없이 인식의 지평을 넓혀갈 수도 있으리라. 『꿈꾸는 책들의 도시』*의 브흐하임에서의 힐데군스트의 모험처럼 현실을 뛰어넘는 꿈과 환상의 세계가 발 없이도 책에 의해 화려하게 펼쳐질 수도 있기 때문이다. 그래도 발의 소임은 여전히 막중하다.

가장 낮은 자리인 바닥까지 내려가 땅을 딛고 자신의 몸을 받쳐 올려 직립의 유일한 존재로 일으켜 세우며 몸을 자유자재로 움직이게 하나, 자신은 바닥에서 지기地氣를 넉넉히 두르고 묵묵히 겸손하여 자기를 들어내지 않는 이 귀한 성자를 여태 알아보지 못했던 것이다.

갑작스런 입원은 내게 감금이나 다름없었다. 사고의 동기인 한 순간의 잘못 디딘 헛발이 때로 헛짚은 생의 헛발과 맞물리면서 몸의 부자유에의 고초를 넘어 정신이 더욱 아득해졌다. 삶이 잠시 두려움으로 다가오기도 했다.

그러나 무명지 손가락 하나를 아예 절단 당한 내 병상 머리맡의 이 씨는 평상심을 잃지 않고 있었다. 그래도 홀로 멍하니 앉아 있을 때면, 얼굴에 피어나는 그늘 꽃이 저승꽃 보다 더 짙게 너울지는 걸 가끔 들키곤 했는데, 이럴 때 그녀는 쓸쓸히 그늘 한 장 이불로 덮고 그냥 침상에 누워버리는 것이다. 허나 그녀는 곧장 자리를 털고 일어났다. 그러한 그녀가 어느 날, 세면대에서 마주친 나를 보고 그 남은 한 손으로 내 머리를 감겨주겠노라고 해서 나는 내심 감동하고 그 마음에 감사했다.

우리 몸이 몸속에 박아놓은 자존의 깃대들, 사람의 형태를 우뚝 직립으로 세워놓는 그것은 200여개의 뼈, 그러니까 살아서 뼈가 부서지는 일은 몸의 형태가 무너지는 일일 게다. 3층 건물에서 추락한 내 옆 병상의 민정이는 온몸의 뼈가 조각나고 어느 부위는 가루가 되도록 망가졌음에도 신경다발은 한 부위도 다치지 않아 아슬아슬하게 전신 마비를 모면하게 되었는데, 수술을 받고 기적처럼 소생해 꼿꼿한 자세로 휠체어를 능수능란하게 타고 다니는 것이었다. 재앙 속에서 피어난 꽃처럼 웃음이 환한 그 소녀가 내 부은 발의 냉찜질을 위해 내게 탕비실에서 얼음을 가져다주는 일을 자청해주었다.

정이 많은 한국인의 심성이 급변하는 문명의 물결에 치어 변질되어간다고는 하나 아직도 정情의 저류는 도도히 흐르고 있어 수난자끼리 주거니 받거니 하는 속 깊은 인정의 풍경을 여기 병동에서 만나게 된 것이다.

동병상린同病相憐이라 했던가. 자신의 고통이 다른 이의 수난을 비추고 그 이웃을 연민의 정으로 따스하게 바라보게 해 주는 거울이 되어줄 때, 쓰디쓴 고통에서 뜻밖에도 선善의 열매를 맛보게 됨을 체험한다.

내가 입원한 병실은 문병객들이 사들고 온 과일이라든가 집에서 마련해온 반찬 등도 서로 골고루 나누어 먹는 나눔의 장이 되어 있었다. 그 방에서는 웃음이 많이 흘러나와 방이 밝았다. 나는 그 밝음에 묻혀 하루하루 적응되어 갔다.

그러나 6인실인 이 병실에서는 각자 상이한 생활의 단면들이 여러 빛깔의 문양으로 모자이크 되어 변별성을 드러내었다. 삶이 지루할 겨를이 어디 있느냐고 반문할 정도로 삶을 한껏 즐기고 산다는 풍족한 여유의 소유자로부터 학교자퇴, 가출을 겪고 와장창 생이 무너지는 소리를 너무 일찍 들어버린 10대 소녀에 이르기까지, 그리고 지난날의 피해의식에 경직되어 자면서도 이를 가는 긴장파, 더욱이 자신의 비윤리적인 직종까지 스스럼없이 죄다 노출시키는 노골파 등, 실로 인간군상의 한 단면을 옮겨놓은 듯 했다. 그럼에도 그들은 고통의 공유지인 병실에서는 변함없이 친절하고 따뜻했다.

보호자가 자리를 비울 때가 많았던 나로서는 혼자서의 기동이 서툴러 옆 사람들의 도움을 받지 않을 수 없었는데, 다행히도 엘리베이터 승차나 화장실 출입 등 꼭 도움이 필요한 적소 적시에 친절한 손길을 만나는 것이었다. 누구 한 사람 그냥 지나치는 법이 없어, 나는 그 법을 인성 안에 내밀히 새겨진 선성善性이라 칭하기로 했다. 문 하나를 열어주는 작은 손길이라도 그 순간 포착이 관건인 것, 선성은 눈이 밝아 민첩하게 긴요한 순간을 낚아챈다.

장기 입원 중, 이런저런 검사를 하면서 CT나 초음파 모니터에 장기들이 떠오를 때마다 나는 내 몸속 생소한 오지를 신기하게 바라보곤 했다. 나는 몸에 대해 경외감을 갖고 있다.

눈으로 볼 수도 없는 그 작은 DNA 속에 한 생명체의 설계도가 들어 있고, 방대한 유전자 정보가 입력돼 있는 이 엄정한 과학성 앞에서 어느 때는 '만들어진 나' '만들어지는 나' 그 '나'에 대한 정체성의 혼란이 촉발되기도 한다. 만들어진 나는 내 몸이 낯설게 느껴진다. 내 몸에 대해 아는 바가 없으므로 나는 내 몸의 이방인인 셈이다.

사실 두뇌세포에 의해 작동되는 의식세계, 그러나 의식이 제 몸 안의 현 동태를 알아보지 못하도록 프로그램화되어 있는 통제체제로 하여, 주체인 나는 지금 내 몸에서 무슨 일이 일어나고 있는지를 알지 못한다. 뿐만 아니라 의식 너머의 '무의식'은 치외법권적治外法權的인 미지의 영역이다.

‘나’와 내 ‘몸’ 사이에 흐르는 이 무명無明의 강을 ‘의식’은 의식하지 않을 수 없다. 내가 내 몸의 주인일 수 없는 이유가 여기에 있다. 그러므로 이 우주와 ‘만들어진’ 내 몸에 대한 경이는 ‘만든 자’의 절대과학성 앞에서의 외경에 다름 아니다. 살라[生] 명령[命]하여 살게 된 인간이 근원적 생명生命 원리를 벗어나서는 잘 살아내지 못 하리는 걸 새삼 마음에 새기게 된다.

발목 관절에 박힌 볼트와 플랫트도 점점 자리를 잡아갔다. 유기체인 생체세포들이 금속성의 이물질과 동거하는 동안, 발목은 견고해져서 성한 발목보다 힘이 더 세졌다. 고통이 ‘힘’을 낳는다는 사실을 나는 한 번 더 몸으로 체득한 것이다. 드디어 나는 두 발로 땅을 딛고 우뚝 일어섰다. 일어서서 처음이듯이 아기처럼 걸음마를 시작했다. 그리고 하늘을 바라보았다. 푸른 하늘에 떠 있는 태양이 눈부셨다.

* 발터 뫼르스 작

자목련 꽃 벙그는 날

어릴 적, 애틋한 나의 애인이셨던 할머니는 왜소한 몸매에
도 불구하고 위풍이 있으셨다. 그분은 여순반란사건과 6 · 25
동란을 겪은 암흑의 질곡 속에서도 아픔을 털고 일어나서 해
뜨는 아침을 가슴으로 받아 안으셨다.

새벽에 막 눈을 뜨면, 조가朝歌(아침기도의 옛 명칭)로부터
시작해 묵주기도를 하고, 새벽 대문을 열고나가 하루도 거르
는 법이 없이 성당으로 달려가서 새벽미사를 드리고, '십자가
의 길' 기도까지 다 마친 후, 집으로 돌아오시는 것이었다. 그
리고 카랑카랑한 그 특유의 고음과 바지런한 일손으로 집안을
북적거리게 하시곤 했다. 낮 동안도 텃밭 가꾸기에서부터 바

느질에 이르기까지 당신의 손끝에서는 언제나 일감이 떠나지 않았다.

옳고 그름이 분명한 당신께서는 독재정권의 자유당시절 야당 정부통령 선거 운동원으로 솔선해 나서기도 했는데, 궁핍한 야당 진영이다 보니 점심 굶는 일이며, 순천에서 소임지 광양까지 30리길을 걸어 다니는 일이 다반사이고, 당국의 박해까지 겹쳐 고사 직전까지 밀려도 그 열정 하나로 선거운동에 매진하는 열렬함을 보여 주시기도 했다.

그러던 할머니도 구십 세가 넘어서면서부터 바깥출입이 어려워지고 그 영민하던 총기도 희미해져 갔다. 서울에서 고향으로 할머니를 찾아가면, 할머니는 어린아이처럼 순박한 얼굴을 하고 맏손녀를 반갑게 맞아주시곤 했다. 그동안 식구들이 할머니께 아무리 잘 해 드려도 맏손녀 앞에서만은 그 효력이 상실되고 만다. 그만큼 맏손녀에 대한 우대가 눈에 띠게 유달랐다.

보리밥을 해먹던 시절에도 몸이 가냘픈 맏손녀를 위해 식구들 몰래 쌀밥을 먹이고, 좋은 반찬은 당신도 안 드시고, 그저 손녀 입에 넣어주는 걸 기쁨으로 여기셨던 할머니시기에 맏손녀인 나도 할머니를 유별나게 따랐다.

사실, 나는 어머니 보다는 할머니의 젖을 더 많이 만지고 자랐다. 어느 날, 시샘한 고모가 할머니의 젖을 못 만지게 하는 바람에 고모에게 최초로 항의하는 사건이 발생하기도 했는데, 항의 겸 해결책까지 내세운 내용인즉, 한쪽씩 공평하게 만지자는 것이다. 두 쪽 다 차지하려는 건 고모의 욕심이고 그 욕심이 부당하다는 것이었다. 그러나 사건은 간단하게 해결됐다. 할머니의 꾸중을 듣는 쪽은 과년한 처녀가 제 분수도 모르고 퇴행성 아기 증후증(?)을 보인 고모 쪽이고, 이렇게 해서 케이오승을 거둔 나는 내 소중한 점유물인 젖 한쪽을 잃지 않게 됨에 의기양양해져서, 기가 꺾여 슬금슬금 도망가는 덩치 큰 큰애기를 보고 손뼉을 쳐댔다.

그러나 할머니와의 밀착 관계를 방해하는, 고모 아닌 또 다른 장애물이 나타난 것이다. 그것은 학교라는 거물급 장애물이었다. 광주 서석초등학교를 입학하고 나서 얼마 안 된 무렵의 일이다. 할머니가 학교 후문 부근까지 손을 잡고 데려다 주신 적이 있었다. 이때 나는 할머니 손을 놓지 못하고 더욱 꼭 끌어 당겼다. 이왕 여기까지 왔으니 학교로 함께 들어가자고

졸랐다. 입학초엽인 관계로 엄마 손을 잡고 등교하는 친구들이 많았던 것이다. 그럼에도 집에 일이 있어 안 된다는 게 할머니의 응답이었다. 어쩔 수 없이 나는 스르르 손을 풀고 그 거부할 수 없는 학교라는 입구로 걸어 들어갔다.

이 사소한 일이 지금까지 잊혀 지지 않고 있는 까닭은 아마도 할머니와의 그날 그 순간의 분리가 '의존'에서 '홀로 서기'의 분기점을 상징한 의미를 지닌 탓이리라.

고개를 떨구고 풀이 죽어 걸어가는 손녀아이의 뒷모습을 보면서 할머니는 할머니대로 그 자리를 뜨지 못하고 한참 동안 눈물을 흘리셨다고 한다. 학교가 뭐 길래 할미 품을 떠나 혼자 학교를 가는구나싶어 자꾸 눈물이 나더라는 것이다. 이는 세월이 지난 후 그 시절을 뒤돌아보며 할머니가 들려주신 후일담이다. 그리고 한 마디 더 보탠 말은 그날의 눈물이 호강에 초친 눈물이라는 것이다.

'호강에 초친 눈물'이라는 말에 그날, 둘러앉아 후일담을 듣던 가족들이 와하고 웃었으나 그 부언은 의미심장했다. 하여, 그 자리에서 눈물성분(?)에 대한 즉석 분석이 즉각 이루어진 바, 호강에 초친 새콤달콤한 눈물과 생살 상처에 초친 매운 눈물이 가려지고, 가족사의 옛 시절이 주절주절 끌려나와 '초친'

추억들을 한 아름 부려놓기도 했다.

　할머니가 위급하시다는 소식을 접하고 부랴부랴 고향으로 내려가 할머니를 뵈었을 때, 할머니는 이미 피골이 상접한 상태였다. 살을 벗은 순수 가난이 거기 있었다. 살 없는 거죽과 뼈가 서로 만나 상접한 상태로 누워 계셨던 것이다.

　입 안의 침마저 메말라버린 극도로 위축된 조그만 체구, 백옥처럼 희고 곱던 얼굴이며, 항상 정갈하고 우아한 옷매무세며, 위풍당당했던 위엄은 다 어디로 간 것일까? 거기 작고 허약하기 그지없는 노구가 존재의 무게를 다 놓아버리고 임종의 문 앞에서 그렇게 아기 같은 천진한 모습으로 누워 계셨다. 임종의 자리는 아무도 범접할 수 없는 독처獨處라는 것을, 눈으로 절절이 말하고 있는 것 같았다. 당신은 힘겹게 손을 들어 벽을 두드리곤 했다. 이 벽이 문이라고, 이 문을 열고 당신을 데리러 천사가 곧 올 거라고, 빨리 열리도록 녹크 하는 중이라고 더듬거리며 마지막 말씀을 하셨다. 그리고 빈손의 절대 가난의 처소, 자아를 버리고 떠나는 마지막 '비움'인 죽음 안으로 최후의 숨을 밀어 넣고 있었다.

　한 인간이 넘어온 산맥 같은 저 주름살사이로, 또 골골이 굽

이쳤던 눈물의 강줄기를 타고 그렇게 죽음의 기운은 스며들어 한 생애가 눈앞에서 종막을 고했다. 순간, 현세의 모든 문들은 닫쳐지고 그토록 견고하던 벽은 문이 되어 열렸다. 당신이 하도 가벼이 나갔으므로 문과 벽의 교체를 남은 자들은 아무도 알아차리지 못했다. 교체된 그 문으로 새벽날개를 달고 날아간 새를 창밖의 목련나무는 보고 있었을 것이다. 자 목련 꽃이 탱탱하게 벙그는 순간이었다. 나는 뒤늦게 할머니의 임종을 시에 담아 두었다. 이 시가 첫 시집의 표제이기도 한「새벽날개」이다.

이 시는 할머니 기일에 변함없이 제사상에 올려지고 낭송되는 축문이 되어오고 있다.

살아 있는 시간의 박물관

날개를 달고 언제부터인가 '시간'이라는 이름의 새가 내 집으로 날아 들어왔다. 새가 부려놓은 허공에 들리지 않기 위해서일까, 혹은 들리고 싶어서일까. 요즘에 들어 '시간'을 시 안으로 모셔오는 일이 잦아졌다. 시간의 빠름과 나의 느림의 간격이 확장될수록 허공이 뼈에 닿아 시리다. 시린 바람을 안고 태양의 사원인 時*와 말의 사원인 詩*, 이 두 채의 절집이 마주보는 길에 서면 나는 늘 막막하다. 어느 날은 시가 대체 내게 무엇이냐고 절집에서 누군가가 물음표 몽둥이를 들고 나와 내 정수리를 후려친다.

그럼에도 나는 時와 詩를 향한 외경을 버리지 않는다. 태양의 사원에서 새어나오는 시간의 꺼지지 않는 빛, 무한한 생멸의 순환고리인 시간의 위력 앞에 경의를 표하지 않을 수 없기 때문이다. 그러나 지구의 '시간'은 지구행성 괴도의 운동성에 의해 형성되고 공간적 존재인 인간에 의해 재단된 개념이다. 그러므로 詩는 時의 그늘인 맹목성과 무상성의 위력까지도 휘잡아 꽃을 피어내는 꽃이다. 살아 있는 것들의 역동하는 체취와 향기는 詩의 몫인 것이다. 그러니 詩는 時에 휘둘리지 않아야 할 것이다. 詩가 時에 지치거나 늙어버리거나 아예 시들어 누워버리는 일을 詩는 원치 않는다. 詩는 時에, 그리고 시류時流에의 평행적 탑승에 저항한다.

밤의 고요는 부드럽고 나는 달콤한 고요에 기대 잠을 청한다. 그런데 문득 고요가 잘려나간다. 겨우 눈을 붙여 잠이 드는가 싶었는데 그 잠도 잘려나간다. 머리맡에서 쨋깍거리는 초침소리 때문이다. 탁상시계를 침실로 가져다 놓은 게 화근이었다. 물론, 낮 동안의 소리들이 수거되고 생각들이 비워지는 안팎의 정적 속에서는 밤의 미세한 소리들이 잘 들리기 마련이지만, 그 중에서도 시간이 가고 있는 초침소리는 왜 그렇

게 선명히 들리는지, 또 하필이면 초침소리가 가위질 소리로
들리는지, 초침의 가위에 잘린 잠을 쉽게 이어붙일 수 없게 된
것이다. 그러니 이 문제의 초침소리를 이동시켜야 했다. 시안
으로 모셔 와야 했다. 이렇게 초침소리에 잠을 잘리고 얻어진
시가 「초침의 스·타·카·토」다.

태엽을 감는다
철새 날아오르는 창공이 감겨들고
가득 찬 허공이 텅 빈다
시간이 둥글어진다

태엽이 풀린다
쨰깍쨰깍! 초침이 돌아간다
나는 몇 번이나 시간 속으로 회생했을까?
쨰깍쨰깍! 내 경동맥 뛰는 맥박소리
벌겋게 심장이 벌렁거리는 소리
그리고 투명한 가위질 소리, 쨰깍!

쨰깍! 가위를 든 시간이

밤과 낮을 잘라낸다 계절을 잘라낸다 꽃을, 꽃의 황홀을 잘
라낸다
잘린 계절은 사라진 계절이다 꽃은 이미 거기 없다 너는
내게서 잘려나갔다 초침의 스 · 타 · 카 · 토

쨱깍! 시간의 가위질은 끝나지 않는다
불쑥 말이 끊긴다 시선이 그어놓은 지평선이
끊긴다 시간 밖, 저쪽 고요가 출렁인다

거기 없는 것이 여기와 있다
잘린 것들, 끊긴 것들이 몸 안으로 들어와 있다
지나간 밤이 달을 이고 들어와 있다
계절은 꽃을 들고 와 있다.
몸속에 들어 있는 시간의 유전자,
유전자 속에 담긴 누대의 아득한 층계
그 층계로 축조된 시간의 박물관은
입구인 기억의 방에서부터 잘린 것들, 끊긴 것들로 술렁
인다

(「초침의 스 · 타 · 카 · 토」 시집 『홀소리 여행』에 수록)

연두빛, 그 신생의 종소리

141

둥근 바퀴를 굴리며 앞으로 달리는, 시간의 순환성과 직진성, 그 이중적 구조를 헤아리게 하는 시계의 초침 돌아가는 소리에 내 경동맥 뛰는 소리가 겹치고 심장 벌렁거리는 소리가 붉게 얹힌다. 여리고 따스한 생명의 숨소리와 시계소리는 비장함과 비정함의 음색으로 서로 얽히며 밤의 정적을 저만치 밀어낸다. 쩍깍쩍깍, 계속 쩍깍 거리는 초침소리, 시간이 가위를 들고 가위질하는 소리! 예고도 없이 여린 생명이 끊겨나가고 '있음'이 '없음'이 되는 비장함을 삶의 길목 여기저기서 목격하면서 수도 없이 물었던 물음, 과연 시간 앞에 인간존재는 무엇인가? 라는 쓸쓸한 물음을 한 번 더 묻게 된 것이다. 그러나 거기 없음이 여기 있음이요, 어제의 산물이 오늘이라는 점에서 아무 것도 온전히 사라지는 것은 없노라고, 나는 가위를 든 위력적인 시간에게 말하고 싶었다.

사실, 시간과 공간은 분리될 수 없는 것이어서 삼차원의 공간이 사라진 지점에서 시간도 함께 소멸될 것이다. 그러므로 인간의 시간은 물론이고 지구의 시간에서 이 우주의 시간까지도 궁극적으로는 소멸이 예고되어 있다할 것이다.

문제는 우리 인간의 시간인데, 희비극과 허실虛失이 맞물린 복잡 미묘한 이 인간시간의 지평을 뛰어넘고자 한, 그래서 실

재로 시간에서 가위를 폐기시키고 시간의 자유를 살아낸 이들
이 소수 나마 존재한다는 걸 우리는 알고 있다. 시간 밖의 영
원을 오늘 현재의 시간 안에서 확장시켜온 그들의 치열성은
시간으로부터 자유롭지 못한 우리에게 많은 걸 시사해주고
있다.

　사실, 시간의 굴레에 묶인 우리의 삶 속에는 존재가 잘려나
가고 끝내 잡아먹히는 '크로노스'의 시간, 곧 가위를 든 시간과
이를 포용, 혹은 저항하는 반동 에너지로 삶의 의미를 일구어
내고자 하는 '카이로스'의 시간이 함께 혼재되어 있음을 간과
할 수 없다.

　그러므로 시간 안에서 '의미'를 찾는 수평적 행보와 이를 쌓
아올리는 수직적 구축행위는 인간이 존재하는 한 멈춰지지 않
을 것이다. 그리고 '카이로스'의 시간을 보존하고 축적하는 행
위 또한 지속되고 있는 것이다. 하여 인간존재의 유한성에도
불구하고 흘러간 시간들을 사회 공동체 안에서는 역사와 학
문, 과학기술 또한 문화유산이나 기록유산 이라는 이름으로,
개개인에 있어서는 삶의 애장품인 추억이라는 형태의 기억 안
에 보존할 줄 아는 행위는 인간이 시간을 경영하는 위대성이

라 할 것이다. 소멸을 향해 하루하루 생을 단축시키는 시간에게 때로는 살을 베이면서도 나는 인간이 인간의 시간으로 경작해낸 업적들에게 경이감을 갖고, 특히 시간의 불망의 기록인 예술이 지닌, 시공을 넘는 영생의 방식에 더욱 경이감을 갖는다.

그러므로 지나간 시간들을 모아둔 박물관에서 사람들은 거대한 유물의 성채를 만나고 박물 되지 않는 '기억'과 마주친다. 베르그송의 견해가 아니더라도 모든 자연과 사물은 시간이 머문 흔적이어서 그 개별적인 시간의 흔적은 고유한 기억 창고에 저장되기 마련이다. 기억은 과거를 향해 있으므로 둥근 시간의 직진성에도 불구하고 시간의 반사 작용은 현재가 과거를 불러내는 기억의 행위가 되는 것이다. 사라진 것들이 모여 있는 시간의 박물관은 그러므로 시간의 반사경이기도 하다. 수백 만년 동안 유전돼온 유전자에 의해 생성된 우리의 몸이야말로, 우주에서 지구로, 지구에서 생명체로, 생명체에서 호모 사피엔스로 진화해 온 그 우주적 시간이 생체 안에 내장된 시간의 박물관이 아닐 수 없다.

그러나 시간은 박제된 것이 아니고 현재진행형으로 살아 있는 것이어서 우리 생체 세포 안에서는 어제가 오늘의 현 시간으로 끝없이 복제되고 현현되고 있다 할 것이다. 이렇듯 과거의 집합이 현재로의 발현이라는 점에서 보면, 시詩에서의 시제時制는 그렇게 큰 의미를 갖지 않아도 무방하리라.

이제 슬슬 눈이 감겨온다. 결국 잠으로 가는 달콤한 고요가 시간의 가위질 소리를 밀어낸다. 시간의 무의식 세계로 기분 좋게 빨려 들고 있다. 잠 속에서는 의식 밖으로 밀리는 시간! 시간의 굴레에서 벗어나는 잠의 휴식, 잠의 평화가 감미롭다.

『현대시학』 2008년 1월호

* 이들 한자에 있어 어원적 풀이가 아닌 은유적 풀이임.

바닥이 하늘인 시인

또 다른 바닥론

김 정 희

어느 시인은
바닥의 힘을 온몸으로 전수받기 위하여 매일 바닥에서 뒹
군다*고 했다

나도 매일 바닥에서 뒹군다

그러나 바닥은 내게 무언가를 전수해 줄 대상이 아니다

거북이 등짝이며 혓바닥이며 생채기이며

날개이며

사랑이며 지문指紋이며……무슨 섭리

혹은 벗어버릴 수 없고 지울 수도 없는

무겁고 찐득찐득한 운명이다

하여 십여 년 전에도 오늘도 나는

한결같이 바닥 위의 바닥이다

그 바닥이 전화를 하고 정치면을 읽다 욕을 하고

책冊을 읽고 알약을 세고

개 울음을 베고 시를 읽다가

천장의 거미가 움직여 간 거리를 잰다

바닥은

누워 있는 하늘

갖가지 구름들이 숭숭 피어나고

살아있는 신화神話가 들려오는 곳

모든 것의 시작과 끝이 이루어지는

연두빛, 그 신생의 종소리

147

숭배의 자리다
바닥은

* 김나영 시인의 시 「바닥론」에서 차용

한 시인이 바닥에 누워 있다. 이 바닥은 가난과 고통의 밑자리이며, 그 고통의 출처를 알지 못하고 그 고통을 치유 하는데에 도무지 답이 없는 무서운 자리다. 그 무서운 자리에서의 처절함이란 해결의 기미가 보이지 않는 절망에서 기인한다. 그러므로 그것은 극지의 결빙상태이고 허무와 분노에 압도당하는 감금상태일 수도 있는 것이다. 왜 사느냐의 답을 송두리째 잃고 극한으로 내몰린 상황이기 때문이다.

시인은 밥을 먹지 않는다. 곡기를 끊은 지가 오래 되었다. 하루 세끼 끼니를 잊고 사는 것이다. 김정희 시인이 무슨 힘으로 연명해가는 지는 불가사의한 수수께끼다.

내가 처음 놀란 것은 밥을 먹지 않고도 살아 있다는 것, 살아서 시를 잘 쓰고 있다는 것이었다. 그리고 더욱 놀라운 것은, 자신을 에워싼 어둠에 매몰되지 않는 비법이라도 간직하고 있는 사람처럼 절망이나 허무에 자신을 맡기지 않고 그 힘

센 고통에 대적하지도 않고 다만 고통을 데리고 함께 동거하
는, 힘 있는 생명력을 보여주고 있다는 것이었다.

불면의 밤을 지세는 시인은 견딜 수 없는 통증에 시달린다.
어느 날, 인천 배다리의 〈아벨〉 서점에서 시낭송회를 마치고
돌아오는 길에 갑자기 통증발작이 일어난 김정희 시인이 보도
위에 쭈그리고 앉아 격렬히 아파하는 모습을 곁에서 속수무책
으로 지켜보게 되었는데, 그때 나는 또 한번 내심 놀랐다.
그럼에도 그녀의 바닥은 바닥 아래 바닥이 아닌 '바닥 위의
바닥'이고 '날개'이며 '누워 있는 하늘'이며 '신화가 들려오는
곳'이고 '모든 것의 시작과 끝이 이루어지는 숭배의 자리'라고
그녀의 시가 자술하고 있다. 이는 분명 피맺힌 고백이 아닐 수
없다. 이 고백이 나를 압도하고 숙연케 한다.
그녀가 제2집 『벚꽃 핀 길을 너에게 주마』를 펴냈을 때에도
나는 그녀의 바닥에서 일출을 보았다. 하여 나는 아래의 표사
에 붙여 시집의 탄생을 축하했다.

"그의 시는 바닥하늘에서 떠오른 일출이다. 그 일출은 황홀
아닌 아픈 출혈이다. 바닥하늘은 그의 고통의 심연과 맞닿아

있다. 그럼에도 그의 고통은 시로 육화되는 노출이 아니고 시를 쓰게 하는 질료다. 하여, 그의 시는 발산이 아닌 응축의 결체다. 삶과 죽음의 해자垓字에서 이쪽과 저쪽을 동시에 응시하는 그의 시선이 예사롭지 않다. 그의 눈길이 닿는 자리에서는 생이 허물어져간 비애조차 아름답게 피어난다. '파묘'를 하고 '미망일기'를 쓰는 그의 곁으로 죽음이 일상처럼 흐르고 세상의 길도 그를 부르며 흐르고 있다. 이제, 그는 생명의 진액을 짜서 피워낸 또 한 번의 꽃을 세상길에 내걸었다. 놀랍다!"

어느 날, 김정희 시인에게서 전화가 걸려왔다. 컴퓨터 고장으로 시 원고를 다 날리고 거지가 되었노라고, 떨리고 슬픈 목소리로 그녀는 말했다. 그때 감이 잡히긴 했다. 김정희 시인에게 있어 시가 밥이고 시가 자산이라는 걸. 세상 밥을 먹지 않고도 연명해갈 수 있으나 시라는 밥을 먹지 않고는 살아남을 수 없는 시인이라는 걸, 육체의 통점痛點에서 수시로 진통이 불을 뿜어내는 와중에서도 하루하루 생을 더욱 간절히 붙안고 우뚝 서 있을 수 있는 힘을 시에서 길어 올리는 시인 이라는 걸 감 잡은 것이다. 그런데, 그로부터 일 년여 만에 뜻밖에도 새 시집을 출간했다는 소식에 접하게 되었다.

　상실에서 오는 궁핍 상태에서 한층 더 확장되고 강화된 시인의 시를 향한 욕구가 새 시집 탄생이라는 결실을 이루어 낸 것이다. 시 원고를 다 소실하고도 꿋꿋이 재기해 제 2집 『벚꽃 핀 길을 너에게 주마』를 펴내게 되었으니 말이다. 그녀가 시집 표사를 부탁했을 때, 제 2집 출간의 경위를 알고 있는 나로서는 내심 놀랍고 반가워 그 자리에서 허락하지 않을 수 없었던 것이다.

　그녀는 2010년이 되자 정충화 시인의 사진작품을 대동하고 이번에는 제3집 『환몽』이라는 시화집을 펴내었다. 바닥의 힘이 기적을 재 생산해내는 이상한 나라의 바닥론을 보게 된 것, 이것이 슬픔일지, 기쁨일지 나는 아직 헤아리지 못하고 있다.

〈빈터〉 2009년 11월 18일 입력